共和国故事

服从大局

——和平时期中国军队对国家建设的贡献

刘 亮 编写

吉林出版集团股份有限公司

图书在版编目（CIP）数据

服从大局：和平时期中国军队对国家建设的贡献/刘亮编. — 长春：吉林出版集团股份有限公司，2010.3

（共和国故事）

ISBN 978-7-5463-2641-2

Ⅰ.①服… Ⅱ.①刘… Ⅲ.①纪实文学 - 中国 - 当代 Ⅳ.①I25

中国版本图书馆 CIP 数据核字（2010）第 045894 号

服从大局——和平时期中国军队对国家建设的贡献
FUCONG DAJU　　HEPING SHIQI ZHONGGUO JUNDUI DUI GUOJIA JIANSHE DE GONGXIAN

编写　　刘亮	
责任编辑　　祖航　息望	
出版发行　　吉林出版集团股份有限公司	
印刷　　三河市嵩川印刷有限公司	
版次　　2010年3月第1版	2022年1月第9次印刷
开本　　710mm×1000mm　1/16	印张　8　字数　69千
书号　　ISBN 978-7-5463-2641-2	定价　29.80元
社址　　吉林省长春市福祉大路5788号	
电话　　0431－81629968	
电子邮箱　　tuzi8818@126.com	
版权所有　　翻印必究	
如有印装质量问题，请寄本社退换	

前　言

自 1949 年 10 月 1 日中华人民共和国成立至今,新中国已走过了 60 年的风雨历程。历史是一面镜子,我们可以从多视角、多侧面对其进行解读。然而有一点是可以肯定的,那就是,半个多世纪以来,在中国共产党的领导下,中国的政治、经济、军事、外交、文化、教育、科技、社会、民生等领域,都发生了深刻的变化,中国人民站起来了,中华民族已屹立于世界民族之林。

60 年是短暂的,但这 60 年带给中国的却是极不平凡的。60 年的神州大地经历了沧桑巨变。从开国大典到 60 年国庆盛典,从经济战线上的三大战役到经济总量居世界第三位,从对农业、手工业、资本主义工商业的三大改造到社会主义市场经济体制的基本确立,从宜将剩勇追穷寇到建立了强大的国防军,从废除一切不平等条约到独立自主的和平外交政策,从"双百"方针到体制改革后的文化事业欣欣向荣,从扫除文盲到实施科教兴国战略建设新型国家,从翻身解放到实现小康社会,凡此种种,中国人民在每个领域无不留下发展的足迹,写就不朽的诗篇。

60 年的时间在历史的长河中可谓沧海一粟。其间究竟发生了些什么,怎样发生的,过程怎样,结果如何,却非人人都清楚知道的。对此,亲身经历者或可鲜活如昨,但对后来者来说却可能只是一个概念,对某段历史的记忆影像或不存在,或是模糊的。基于此,为了让年轻人,特别是青少年永远铭记共和国这段不朽的历史,我们推出了这套《共和国故事》。

《共和国故事》虽为故事,但却与戏说无关,我们不过是想借助通俗、富于感染力的文字记录这段历史。在丛书的谋篇布局上,我们尽量选取各个时代具有代表性或深具普遍意义的若干事件加以叙述,使其能反映共和国发展的全景和脉络。为了使题目的设置不至于因大而空,我们着眼于每一重大历史事件的缘起、过程、结局、时间、地点、人物等,抓住点滴和些许小事,力求通透。

历史是复杂的,事态的发展因素也是多方面的。由于叙述者的视角、文化构成不同,对事件的认知或有不足,但这不会影响我们对整个历史事件的判断和思考,至于它能否清晰地表达出我们编辑这套书的本意,那只能交给读者去评判了。

这套丛书可谓是一部书写红色记忆的读物,它对于了解共和国的历史、中国共产党的英明领导和中国人民的伟大实践都是不可或缺的。同时,这套丛书又是一套普及性读物,既针对重点阅读人群,也适宜在全民中推广。相信它必将在我国开展的全民阅读活动中发挥大的作用,成为装备中小学图书馆、农家书屋、社区书屋、机关及企事业单位职工图书室、连队图书室等的重点选择对象。

编　者
2010 年 1 月

目录

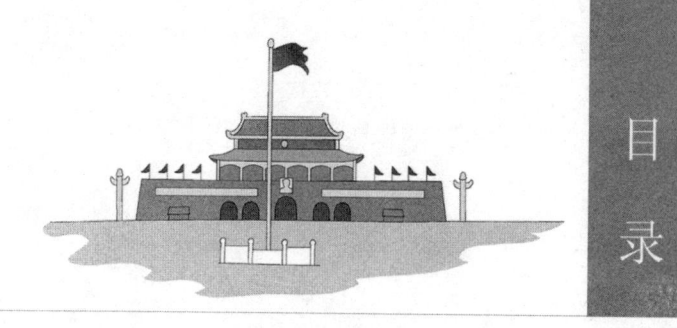

一、服从国家建设

邓小平说军队要服从大局/002

军队奔赴中原抗洪抢险/006

参加建设"引滦入津"工程/011

赶赴大兴安岭灭火救灾/021

抗洪救灾誓与大堤共存亡/027

二、成为"两用人才"

邓小平提出培养"两用人才"/032

"两用人才"培养艰难起步/037

连长新招培养"两用人才"/042

猪圈旁召开"两用人才"培训会/045

团队寻找生财之道全盘皆活/048

创造新的育才组织形式/051

首长肯定人才培养成果/054

三、军工转为民用

邓小平决定实施军转民战略/058

柴树藩带领造船行业闯市场/062

柴树藩争取香港船舶订单/071

目录

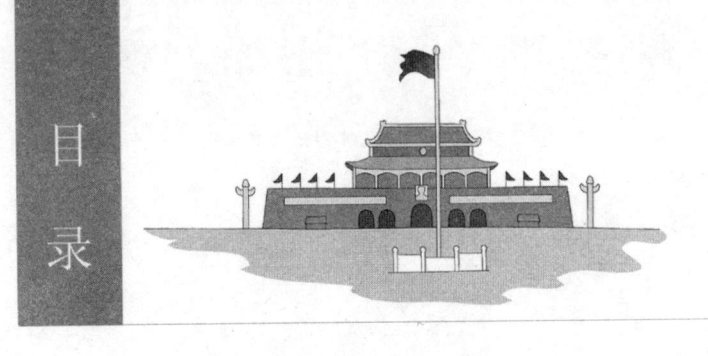

柴树藩亲自领导完成订单/074

按照标准艰难设计图纸/077

克服困难建造"长城"号/082

"长城"号获好评与经受考验/087

拆除淘汰飞机生产线上民品/091

中美合作飞机开工生产/099

中国第一架客机试飞成功/105

艰难获得产品生产许可证/109

一、服从国家建设

- 邓小平说:"我想谈一谈顾全大局的问题。这个大局就是我们国家建设的大局……"

- 解放军指战员大声呼喊:"乡亲们,不要害怕,上级正在调动部队,解放军很快就来解救大家。"

- 哈尔滨的市民们被感动了,自发地送来热饭和热水,一边流着泪水,一边让战士们吃。

邓小平说军队要服从大局

1984 年,在国庆阅兵典礼时,中央军委主席邓小平站在天安门城楼上,向天安门广场上以雷霆万钧之势走过的受阅部队一眼望去。

雄壮的《解放军进行曲》在空中激荡,数千双军鞋在震颤大地。在火红的军旗带领下,军事院校、陆军、海军、空降兵……依次通过天安门检阅台。

绿色的军阵,钢铁的洪流,气势如虹,让所有的中国人心中荡起无限豪情与兴奋。

然而,此时的邓小平心中却在计算,养这样一支军队要花多少钱呢?我们的国家才刚刚起步啊!

早在 1977 年的时候,中央军委和国务院的有关领导就曾围绕军费问题与邓小平进行过讨论,国务院副总理看着军委报上来的数字,摇了摇头说:"太多了,养不起啊!"

1984 年 11 月 1 日,包括海军、空军、第二炮兵和 11 个大军区的司令员、政委在内,在北京京西宾馆召开军委座谈会。

邓小平说:"从哪里讲起呢?从这次国庆阅兵讲起吧。我不是讲这次阅兵如何,这次阅兵是不错的,国际国内反应都很好。最近有位国际友人讲,非常好。我说有个缺陷，就是80岁的人来检阅部队，本身就是个缺陷……"

这触动了在座所有人的神经，人们望着彼此脸上的皱纹，头上花白的头发，若有所思。

邓小平接着说：

我想谈一谈顾全大局的问题。这个大局就是我们国家建设的大局……

现在需要的是全国党政军民一心一意地服从国家建设这个大局，照顾这个大局。这个问题，我们军队有自己的责任，不能妨碍这个大局，要紧密地配合这个大局，而且要在这个大局下面行动。军队各个方面都和国家建设有关系，都要考虑如何支援和积极参加国家建设。无论空军也好，海军也好，国防科工委也好，都应该考虑腾出力量来支援国民经济的发展。如空军，可腾出一些机场，一是搞军民合用，一是搞民用，支援国家发展民航事业。海军的港口，有的可以合用，有的可以腾出来搞民用，以增大国家港口的吞吐能力。国防工业设备好，技术力量雄厚，要充分利用起来，加入到整个国家建设中去，大力发展民用生产。这样做，有百利而无一害。总之，大家都要从大局出发，照顾大局，千方百计使我们国家经济发展起来。

发展起来就好办了。大局好起来了，国力大大增强了，再搞一点原子弹、导弹，更新一些装备，空中的也好，海上的也好，陆上的也好，到那个时候就容易了。

……

在座的同志要教育我们各级干部，关心国家大局，就是使我们国家在20年内发展起来，实际上，从现在到2000年，没有20年，只有16年了。我们军队要一切服从国家建设这个大局。

大家都知道，自从邓小平主持军委工作以来，就已经透出要裁军的意思。为此，中央军委拿出了方案，也裁掉了一些重复设置的机构和人员。但是，从邓小平这次的开场白来听，邓小平是要从中央军委开始裁减了。

在邓小平接下来的讲话中，他由军队高层领导老化的问题，讲到军队的体制改革和进一步实行精简整编的必要性，并作出了世界大战十几年内打不起来的惊人论断。

据此，邓小平提出要裁减兵员100万！

其实，我国的军费数额一直是很低的，而且在政府财政开支中的比例在当时还逐年下降。1985年，我国的军费只有191亿人民币，折合60亿美元，约占同年美国军费的2%，还不到苏军的一个零头。

但是，我军员额却相当于美军的两倍，和苏军的人数差不多。军费中相当大的一部分被众多兵员的"人头费"占去了。这不但是国家和人民的沉重负担，也限制了部队武器装备的发展和战斗力的提高。

据统计，我国1953年到1983年30年里的武器装备发展经费，比美国1982年一年的同类经费还少200亿人民币。

在随后的军委会议上，邓小平反复说着这几句话：

军队要忍耐！

军队要服从经济建设的大局。

把人员减下去，用于武器装备发展，这是个方针。

1985年，从中南海传出了震惊世界的消息，中国宣布裁军100万！

军队内部进行了编制体制改革，炮兵、装甲兵、工程兵撤销，兵种司令部成为总参谋部的业务部门，铁道兵和基建工程兵撤销，对口划归政府，11个军区缩减为7个，组建了集团军和山地部队。根据世界军事发展，还新成立了电子对抗部队、海军陆战队等新兵种。

在新的军队建设战略指导思想的指导下，共和国的军队进行了一次脱胎换骨式的改革，为国家的经济建设铺平了道路。

军队奔赴中原抗洪抢险

1975年8月5日,河南省中部地区开始强降暴雨。一连数天,电闪雷鸣,大雨倾盆,整个天地都在呼啸,大雨一刻不停地下着,分不清是天上的银河倾倒了,还是大海被扬到了天上。

短短3天里,降雨量达到1400毫米到1500毫米。

在暴雨中,洪水无情地肆虐起来。多处河堤决口,两个大型水库决口,65个中小型水库溃坝。洪水像凶狠的猛兽一样,疯狂地扑向驻马店、许昌、南阳、周口地区。

公路被冲坏,桥梁倒塌了。河南省1200多万人口陷入了白茫茫一片的洪水灾害之中。洪灾中,先后死亡3500人,冲倒房屋570万间。

在自然灾害突然来临之际,中国人民解放军遵照中央军委的命令,立即出动7万多名指战员,123架飞机,11艘船艇,2973辆汽车,组织了89个医疗队,参加抗洪救灾。

武汉军区首长亲临抗洪救灾第一线,进行现场指挥。在河南省委的统一领导下,广大指战员奋不顾身,同灾区人民群众一起,抢救受灾群众,抢救国家财产,战胜洪水灾害。

8月8日午夜，驻马店地区板桥水库的大坝突然垮塌，满水库的洪水以每秒6米的速度向遂平县城冲去。

在当时，驻马店地委的主要领导正在省里开会，省军区领导毫不犹豫地承担了指挥抗洪救灾的重任。为了弄清灾情，军分区立即组织突击队，前往遂平县城探查。

突击队员来到遂平县城南面的汝河岸边时，河面的水已经有1000多米宽了。突击队员在军分区领导的带领下，奋勇游过激流，闯进县城。

在这时，洪水已经淹进县城，城里3万多灾民，有的聚集在城内的小高地上，有的惶恐不安地爬到房顶上。在洪水的威胁下，一片混乱。

见此情形，解放军指战员大声呼喊：

乡亲们，不要害怕，上级正在调动部队，解放军很快就来解救大家。

被洪水包围的灾民看见解放军，听到突击队温暖而坚定的话语，感动得流下了眼泪。

某部三营首先赶到遂平。指战员们冒着生命危险，马上投身于激流之中抢救群众。

七连指战员得知有100多名干部和群众被洪水围困在遂平县中学时，马上强行涉过3道激流，越过800多米宽的水面，赶到县中学。在十分困难的情况下，解放军指战员排成一道人墙，用自己的身体挡住洪流，把这些干部群众转移到安全地带。

兴和公社受灾严重，一处供销社的门窗被洪水封住，数名干部站在一只油桶上，头已经顶到了天花板，洪水渐渐没到脖子上，十分危急。

八连指战员赶到兴和公社后，马上掀开房顶，把他们救到一处高地上。一名战士在抢救群众时，身上多处被马踢伤，仍然坚持在洪水中战斗。

为了抢救一位瘫痪的老大娘，一名战士用雨衣把老大娘兜好后，绑在自己身上，小心地把大娘救到安全的地方。连续三天三夜，这个连都在同洪水搏斗，先后抢救出受灾干部和群众9600多人。群众感叹不已。

有人激动地对解放军说：

你们一个个往水里跳，把俺们一个个往岸上救，只有共产党领导的好军队，才把俺老百姓的生命看得这样珍贵！

抗洪救灾结束后，中央军委授予这个营"抗洪救灾模范营"的荣誉称号，以表彰他们为祖国、为人民作出的贡献。

某团指战员为了确保宿鸭湖水库大坝的安全，同民兵抢险队员一起，在大坝上连续战斗，在短时间里填土石方1.5万多立方米，使这个水库顶住了两次洪峰的冲击，保住了大坝，保护了水库下游的国家财产和人民群众的安全。

受洪水袭击，连续五天五夜，汝河地区有60多万受灾群众没有东西吃。

为了解救群众的危难，空军航空兵部队紧急调配力量。某师出动飞机28架，指战员们不顾劳累，克服种种困难，连续飞行20多天，连续飞行1044架次，把郑州市救济灾区的大饼、馒头等食物和其他救灾物资空投到灾区。其中，空投救灾物资达3300多吨，空投食品2290吨，解决了受灾群众的一部分困难。

洪水像猛兽一般，使贯穿我国南北的铁路交通大动脉京广线也受到了损坏。遂平县焦庄车站附近，铁路被洪水冲垮了。

焦庄以南15公里处，铁路的道砟、路基被洪水冲空了，钢轨冲出路基10多米。有的地方，连铁路桥墩也被洪水冲垮了。

铁路是我国的主要交通线，京广铁路尤为重要。面对灾情，解放军指战员奉命迅速出动，突击抢修铁路。

刚刚完成襄渝线隧道抢修工程的铁道兵某部一连，在接到抢修京广铁路的命令后，只用半个小时就做好了一切准备，立即奔赴洪灾前线。

在灾区，由于道路遭到破坏，车辆无法前进，指战员们冒着倾盆大雨，肩扛机器和工具，一昼夜往返六七次，行程50多公里，硬是把50多吨物资全部运送到修路工地，平均每人总负重500公斤。

在工地上，洪水还没有完全退尽，到处是一个个水坑和一片片淤泥，给修筑路基造成了很大的困难。但是，指战员们不畏艰难，争分夺秒，连续施工15天，终于比原定计划提前完成了任务，提前通车。

为表彰这支部队的功绩，中央军委授予他们"抗洪抢险模范连"荣誉称号，上级党委为他们记集体一等功！

洪水退去以后，参加抗洪的解放军立即帮助灾区人民群众重建家园。指战员一方面向受灾群众宣传中共中央慰问电的精神和党中央关于生产自救的号召，一方面抓紧时间，积极参加灾区建设，为灾区人民重建家园。在短期内，解放军各部队纷纷捐钱捐物，帮助灾区人民重建家园做了大量工作。

在河南驻马店地区抗洪救灾中，人民子弟兵在保卫人民群众生命财产安全和建设祖国的战线上，作出了新的贡献。

有的部队宁愿自己节约一些，把刚刚收获的秋季作物送给灾区人民。兰州军区还从千里之外为灾区人民送去了上千匹军马。

解放军的模范行动，进一步密切了军民关系。一位60多岁的老大爷在洪水过后，特地去探望某医院的医务人员，他激动地说：

俺在旧社会也遭过洪水，那时有谁来管你？现在泛洪水，政府送来吃的、穿的，解放军还来给我们治病。真是千好万好不如社会主义好。

参加建设"引滦入津"工程

1981年的盛夏,在时任天津市市长李瑞环的办公室里,几个穿军装的人正在汗流浃背地翻阅着工程图纸。他们是铁道兵八师的师长刘敏、政委张景喜和副政委景春阳。

李瑞环给每个人一个白瓷水杯:"来,尝尝我的乌龙茶。"

茶水一沾嘴唇,所有人都皱起了眉头。"啊!这什么味儿啊?"几个人异口同声。

"我们天津一些老百姓因为连这样的水都喝不上,都背井离乡了;一些工厂因为缺水都停产了。"市长两个眉头拧成了一个。

铁八师的领导回味着和杯子里的水一样苦涩的话,想起了他们刚到天津时听到的民谚,"自来水能腌咸菜"。

那时候的天津,正遭遇半个世纪以来最严重的水荒,天津由于经济迅速发展,人口剧增,用水量急剧加大,而主水源海河上游却由于修水库、灌溉农田等原因,导致流到天津的水量大幅度减少,造成天津供水严重不足,曾从北京密云水库调水。

1981年8月,为了保障北京用水,密云水库不能再向天津调水,天津面临着水源断绝。城市用水量,由原来的每天180万立方米，降到100万立方米，后又压缩到70万立方米。人民生活用水，由原来每人每天70升，降到65升，并且还是每升含1000多毫克氯化物的苦涩咸水。

农业生产方面，粮田灌溉不许使用海河水，菜田用水严格限量，整个市郊、农村土地龟裂，一派大旱景象。

全市自来水压力不足，三楼以上无水，海河刘庄浮桥不能通行，大光明渡口轮渡困难，甚至紧急疏散人口。

天津全市几千家工厂，如果因缺水而停产，每年将导致直接损失200个亿，间接影响130个亿。

国家经委一位负责同志着急地说："天津要是停产了，比唐山地震损失还要大得多，我们国民经济就要大受影响了！"

党中央和国务院非常关心天津水源危机，为解决天津用水困难，1981年8月，决定兴建引滦入津工程，把滦河水引到天津。

滦河在距天津几百里外的河北迁西和遵化地区，"引滦入津"就是把滦河上游的潘家口和大黑汀两个水库的水引进天津市。

引水渠道长234公里，中间还要在滦河和蓟运河的分水岭处开凿一条12公里长的穿山隧洞，需治理河道100多公里，开挖64公里的专用水渠，修建尔王庄水库，全部工程开凿出岩石达140万立方米。

为了早日造福天津人民，天津市委、市政府下令：

> 1983年必须把滦河水引到天津，天津市市长李瑞环担任总指挥。

为了支援天津市的引水工程，中央派出功勋卓著的铁道兵，任务便落到了铁八师头上。

铁八师的领导们品味出了天津市委领导这话里的味道。他们把杯子里的茶水一饮而尽，把杯子往茶几上一放，说："请市长放心，我们保证把滦河水引过来！"

"国务院计划3年，你们提前到两年，能完成吗？"李瑞环问。

"我们有信心完成！"铁道兵的话就像钢轨一样铿锵作响。

"你们真正两年完成了，在中国水利建设史上是奇迹。"李瑞环说。

"奇迹是人创造的！"他们响亮地回答。

"你们可要做好吃苦受罪的准备呀！"李瑞环的语气很沉重。

"革命先烈们为了解放新中国流血牺牲都不怕，我们在和平年代为了祖国的建设吃点苦受点罪算什么？"景春阳等人向李瑞环市长豪迈地说道。

"那好吧，军队干，我们放心。如果你们两年完成了，我亲自给你们嘉奖送锦旗。"李瑞环市长送别他们时，不失时机给他们加油打气。

1981年年末,工程进入准备阶段。铁八师师长刘敏、政委张景喜等以及十一师五十二团的领导一起,受铁道兵领导委派,带着两万多名铁道兵乘坐专列从内蒙古科尔沁大草原转战到河北省迁西县燕山山脉,开凿当年全国最长的人工引水隧道。

1982年5月11日,"引滦入津"工程正式开工。

其中,最艰难的是要穿越我国地质年龄最古老的燕山山脉,在200多条断层中修建一条穿越分水岭的引水隧洞。这是我国当时最长的一条水利隧洞,也是"引滦入津"堪称"卡脖子"的工程。

此处地壳多升降,造成了岩层扭曲、断裂、破碎,地质条件极差,对于工程来讲,它意味着惊心动魄的塌方、滑坡、流沙、涌水。

当时有句顺口溜形容这条引水隧洞:

地下水长流,坍方没个头。
石如豆腐渣,谁见谁发愁。

在铁道兵之前,曾有一些工程队的负责人和工程师来勘察过现场,看到破碎的引水隧洞,他们都摇摇头走开了。

善打硬仗、恶仗的铁道兵第八师和天津驻军一九八师勇敢地担负起了引水隧洞7210米的施工任务。

在当时,部队没有什么先进的机械设备,只有锹、镐、炸药、风钻和人力小斗车。铁道兵担负的景忠山隧洞这样的石质，按照通常开挖速度，这条长12公里的隧洞，如果从一头开挖要30年，从两头开挖要15年。可是，时间不等人！

1981年的隆冬，本来是施工队伍"猫冬"的时候，但为早日打通隧洞，作为先遣部队的将士们挥锤舞钎向冻土坚石开战。

7号斜井口是一个污水坑，那里齐膝深的水面冻着一层冰，景春阳副政委带着战士们挽起裤腿，跳进刺骨的冻水里作业。在寒冷的环境里，将士们唯一的取暖方式就是下水前喝点白酒。

为了加快施工进度，部队决定采用新的施工技术。但是，在采用新的施工技术时，却遇到了官兵知识水平不足的老问题。

在当时，铁道兵战士学历都不高。这样的部队掌握大学生要学习几年才能掌握的技术，其中遇到的问题不是局外人所能想象得到的。

在这时，受过高等教育的景春阳的作用大大得以发挥。他紧锣密鼓地请来一些专家，对一些根本就不懂什么是隧道施工的战士们办起了技术培训班。另外，他也准备了教材，亲自授课。

一些鬓发斑白的"老兵"，像小学生一样和新兵坐在一起，听他讲"新奥法""光面爆破""非电爆破""全断面掘进"等新名词儿。

战场是最好的课堂。将士们边干边学，边学边干，终于掌握了新技术，还对某些技术进行了改进。

景春阳副政委好学深思，他大胆采用爆破抛渣、因地制宜地加长加密锚杆锚喷支护，并不断研究水泥速凝剂的配比，使隧道支护强度大大提高，保证了施工的质量和工期。

当锚喷弄得他皮肤、眼睛一天到晚难受时，他就开始琢磨该如何去调整锚喷的风压、喷射距离以及如何保证喷层厚度、减少回弹，景春阳给大脑上足了弦。

最终，他找到了施工工艺方案，不仅节省了材料，还大大提高了工程质量。为了加快施工进度，景春阳和其他指战员绞尽脑汁，最终决定用"长隧短打"，分兵包抄的办法，同时开凿15个通往引水隧洞的支洞，加上进出口，开辟32个工作面同时掘进。

在引滦工程中，引水隧道开挖最大高度有7.2米，断面特别大，而且还要通过多个大断层。其中最大的断层长度为200多米。

这里岩石层面断裂，没有稳定层面可以支护，压力显现也没有规律，而且水文情况也比较复杂，一炮下来就塌方了，塌得都透了天。

10多米深的大黑洞，岩石像死神的獠牙，在战士们的头顶上张开。有人建议用掘开式，那等于搬掉一座小山，工期至少要搭进60天。

好几天过去了，9号支洞下的隧洞没有推进一尺。

听说隧道在 F9 断层受阻，李瑞环市长寝食难安。他赶到通往断层的 9 号支洞，抓过一顶安全帽戴在头上，要下去视察险情。

景春阳一把拖住他："市长，你不能下去！太危险。"

"我不下去看怎么知道危险？"李瑞环执拗地说。尽管他知道那里正处在断层危险带。

他向深深的斜井里走下去。景春阳和营长、连长、参谋们跟在他的身后。支洞幽深，拱顶高大，手电打上去只有一个恍惚的白印。

市长不仅进去了，而且走到了最危险的掌子面。景春阳边汇报边密切注意石质。

突然，他发现掌子面上方有小石头掉落，这是塌方的前兆，他一把拉住市长往外走，刚走几米，"呼啦啦"一声就塌方了，上千立方米的土石塌在了市长后面。所有人都惊出了一身冷汗。

"老景呀，我们可是生死之交呀！没有这个断层，就体现不出工程的险峻和伟大，就像'玉堂春'里如果没有'三堂会审'就没有精彩！"尽管刚才一瞬间惊心动魄，李瑞环却不忘幽默几句。

虽然有危险，但铁道兵们的意志在险境中更加顽强。天津人民在等水，可是断层却如拦路虎一般挡在了引水的路上。

为了打败这只拦路虎，景春阳在深夜的灯光下，一本一本地查看资料，寻找征服那疏松石质的途径。在 9

号支洞,他和其他指战员聚到一起交流、探讨……

几个不眠之夜后,一个"勤测量、强支护、弱爆破、短进尺、慢通过、早封闭"的施工方案和"大管棚、小管棚联合支护加灌浆锁固"的施工工艺酝酿成熟了。

景春阳和指挥部几个技术人员在门前疏松的煤堆上做模拟试验,用煤铲掏出一个洞子,用八号铁丝作"锚杆",用稀煤代替喷浆。

支架做好后,景春阳来到了煤堆前,转了两圈:"我两脚能踩塌?!"说罢跳到煤堆上,狠狠踩了两脚。

煤洞完好无损!

试验成功了,断层终于被攻克。

"天津人民盼水"就是无声的命令,铁道兵发扬"一不怕苦,二不怕死"的精神,争分夺秒,接着征服了一个个断层,制服了喷涌的山水、罕见的滑坡和流沙。

1983年3月28日,他们仅用了16个月就胜利将隧洞打通,并创造了当时全国日掘进6.8米的最高纪录!

后来,我国一位著名的水利专家来到洞口参观,不禁连声喊:"你们真的创造了奇迹。"

时任水电部部长的钱正英亲自送来通令嘉奖的金匾。

为了引滦入津,铁八师作出了无私的奉献,17名战士献出宝贵的生命。

天津人民并没有忘记他们。他们请了最好的雕塑师,在引水隧洞不远的山峰上,塑起了一座庄严的"引滦入津"纪念碑。

11 米高的花岗岩战士雕像，他们身披雨衣，臂下夹着风钻和安全帽，高挺胸膛凝望着远方，那就是在这里倒下的战友凝固了的生命，他们将千秋万代地站立在那里，见证滦水南流。

　　整个工程中，铁八师先后有一个团荣立集体二等功，多个单位荣立集体三等功，先进个人更是不计其数。后来，工程荣获国家优质工程金奖。

　　1983 年 9 月 11 日，天津市民彻底告别了喝咸水的历史。这一天，天津举城欢腾，许多人流下了激动的眼泪。

　　在"引滦入津"通水庆祝大会上，李瑞环市长没有食言，他亲自给铁八师授予锦旗，上书：

　　　　开凿隧洞创奇迹，引滦入津立大功。

　　"我答应你的事干完了，你们可以大踏步改革开放了。"景春阳会后对李瑞环市长说。

　　引来了滦水，天津市郊 40 万亩菜地浇灌不再成为问题，百万天津人民的菜篮子有了保证；素有"液滤晶碧类琼浆"的小站稻在断产 20 年后又飘香四野；可口可乐公司可以投资生产具有国际口感的可口可乐、雪碧、芬达等饮料……

　　引来了滦水，天津停止使用水源井 600 多眼，减少了地下水开采，有效控制了地面沉降。

　　引滦水源 20 项水质指标达标率 100%，塘沽、咸水沽、杨柳青、张贵庄、大港等地近百万人结束了饮用咸水、高氟水的历史。

引来了滦水，新港船闸重新开启使用，海河航运开通了至上海、大连的航线。与"三北"腹地的海陆运输更为通畅，对内对外贸易更加兴隆。

引来了滦水，海河又重新碧波荡漾，迤逦20公里的带状公园成为一条纵贯全城的风景轴线。

美丽的天津，从此更加多姿多彩了。

赶赴大兴安岭灭火救灾

1987年5月6日,黑龙江省大兴安岭北部地区狂风大作,漠河境内风速超过了每小时50公里。前一天已经扑灭的古莲林场的森林火灾又死灰复燃。

我国东北的大小兴安岭原始森林,素有"绿色宝库"之称,是国家重要的木材生产基地之一。

大火在茫茫森林里迅速蔓延,几十米高的火焰掠过树顶,铺天盖地,无情地吞没了森林,吞没了村庄。火借风势,仅仅几个小时,大火就推进上百公里。不到一个夜晚,大火就把一个县城烧成了废墟。

一场特大森林火灾发生了。短短数十天里,过火面积达101万公顷,其中有林面积70万公顷。

灾情发生后,国务院、中央军委指示沈阳军区迅速调动部队,进行紧张的扑火救灾工作。

参加森林灭火,是我军应尽的职责和义务。

1981年4月,大兴安岭地区呼玛县某地的林区曾经发生火灾,解放军基建工程兵某连闻讯以后,连夜行动,强行军几十公里,赶到扑火现场。

指战员们连续奋战一昼夜,开出了一条长达10公里的防火道,有效地控制了大火的蔓延。

这次火灾,比6年前的火灾要严重得多。在这次灭火救灾工作中，我军先后出动了两个集团军，一个坦克师以及一部分预备役部队，3.5万多名指战员，880多辆汽车，62架各型飞机，同地方上的干部和群众一起，在总面积约1.7万平方公里的火灾区内，顽强地同烈火搏斗。

扑火任务非常艰巨。有的部队担负的扑火任务区，正面达200公里，纵深达60公里。虽然面临如此巨大的困难，但指战员们灭火的决心却是非常坚定的。不管发生什么情况，他们都坚决把大火扑灭。

部队接受灭火救灾任务时，大兴安岭的火灾正在无情地蔓延，火焰高达二三十米，烟尘直冲千米高空。

有的部队扑灭了一片又一片的森林大火，可是当他们继续向前扑灭前面的火灾时，已经扑灭的地方火势又死灰复燃，这无疑增加了灭火的难度。但是，指战员们没有退缩，一遍接一遍地同大火作斗争。

许多部队以团或连为单位，分点扑火。有的部队连续几天几夜都食宿在丛林里。为了保护国家和人民的生命财产，参加扑火救灾的广大指战员不畏艰险，有的用湿毛巾包住脸，勇敢地钻进火里，去扑灭大火；有的用湿大衣裹着身子，往火里滚。

沈阳军区某师师长接到灭火救灾的命令后，部队日夜兼程，从650公里以外的地方赶到大兴安岭火灾区。

在近一个多月的时间里，这位师长带领部队先后4次冲进火海，身先士卒，奋勇扑火。扑火战斗异常紧张，救火工作忙得这位师长连刮胡子的时间也没有,随着一片片烈火被扑灭,师长的胡子渐渐长起来,人们尊敬地称他为"大胡子师长"。

林区的老百姓用神话式的语言称颂这位"大胡子师长",说:"'大胡子师长'的每一根胡子都是救火金针,他到了哪里,哪里的火就被扑灭!"

"大胡子师长"的模范行动,在火灾区内外被广泛颂扬。

扑火是一场特殊的战斗。保障扑火救灾的后勤工作,也是一项十分繁重的任务。军队参加扑火救灾工作的各个后勤部门,同地方有关单位密切协同,周密组织,采取各种措施,进行快速保障。

沈阳军区提出,要像保障打仗一样,重视扑火救灾保障。各级后勤部门根据上级"一切为了前线,重点保障连队"的指示,制定了"军地统一计划供应,分别筹措记账,加强管理,厉行节约"的保障原则,调动各类人员的积极性、创造性,做好扑火救灾的保障工作。

5月7日深夜,沈阳军区后勤部接到大兴安岭火灾情况的通报后,立刻命令驻黑龙江省的后勤某分部,向火灾区派出前线指挥部、兵站和医疗队。这个分部迅速行动,赶赴灾区,同火魔作斗争。

沈阳军区后勤部派出了10多人的指挥小组,奔赴塔河,统一组织指挥扑火的后勤保障工作。

5月10日,塔河至古莲的铁路修复以后,有关部门先后组织接发军用列车83列，一共2276车，运送扑火人员6.5万人次，汽车近2000辆，运送各种物资1.1万多吨，较好地解决了贯穿东西火场200多公里内的人员机动和物资运输。

5月13日，一批部队进入火场纵深扑火，后勤补给非常困难。有关部门想方设法，派飞机连续两次空运，把710公斤食品送到扑火现场。

在扑火救灾期间，军队的飞机一共空运空投962架次，运送人员4135人，物资18万多公斤，保障了在第一线扑火部队的供给需要。

某部后勤部门在向扑火部队运送给养和汽油途中，必须穿过5公里长的火区。汽车在公路上行驶时，公路两侧森林中的火焰随时都可能飘落到车上。对于满载汽油的车辆，火焰是一种极大的威胁。

面对冲天火光和滚滚浓烟，指战员们毫不畏惧，果断决定冲过火区。

为了防止意外，他们先把汽车篷布放在水里浸泡，盖到车上后，再在篷布上糊一层稀泥。为了保护好油箱，指战员们还解开自己的背包，把棉衣用水浸透，盖在油箱上，加大速度前进，终于顺利地冲过了火区，把物资及时送到了扑火部队。

医疗保障也非常及时。解放军二三五医院驻在加达格奇，他们接到命令以后，医疗队马上乘专列向灾区开进，最先到达灾情严重的西吉林。在火灾区，这个医疗队连夜展开工作，迅速抢救了32名烧伤的群众。

　　解放军某仓库派出的塔河兵站，分两个梯队昼夜行进，赶在首批扑火部队到达前4小时进驻塔河，为扑火部队准备了必需的物资。

　　在扑火灾区，他们先后为两个师补充了2175公斤主副食品，保障了救灾工作的需要。

　　在扑火救灾中，地方人民群众大力支援人民解放军。从哈尔滨、长春、四平等地赶往火区的部队，由于距离远，开进途中难以携带足够的熟食，群众得知部队要去扑火，自发地赶到车站给部队送食品。

　　有一位老大娘已经70多岁了，她领着小孙子，提着一篮煮好的鸡蛋，挤到火车站的站台前，给指战员送鸡蛋。她的小孙子在每一个鸡蛋上都写上"送给打火英雄"。

　　部队指战员们看着手中的鸡蛋，心里受到了极大的鼓舞。

　　大兴安岭扑火救灾，沈阳军区后勤部门先后派出了8个医疗队、两个汽车排、一个军运指挥组、一个兵站、一个防疫队，一共351人、47台车辆。军队各级后勤部门一共有5400多人、837台车辆，战斗在扑火救灾的第一线，有效地保障了灭火工作的顺利进展。

　　在我军官兵和人民群众的共同努力下，一条条火龙被斩断了，一片片烈火被扑灭了。

　　6月2日，这场特大火灾终于被解放军指战员和人民群众并肩战斗的无比力量征服了。经过 28 天的连续奋战。一共扑灭了一公里以上的火头 1700 多个，清理了 200 米宽的火线 1400 多公里，开辟了防火隔离带近 900 公里。

塔河、瓦拉干、盘古、北极村等城镇，一些重要的贮木场，一片片原始森林以及自然保护区，被扑火抢险的英雄们保住了。

解放军指战员在救火中表现出来的那种舍生忘死的英勇气概，博得了人民群众的高度赞扬。

1987 年 5 月 26 日夜晚，国务院副总理田纪云在听取了大兴安岭扑火救灾情况汇报后的讲话中，特别指出：

> 这次灭火，解放军至少突出地表现了 3 个特点：一是爱国家、爱人民，对国家和人民有着深厚感情。二是服从命令，听从指挥，一声令下，恨不得插上翅膀马上赶到火场。再一条是敢打敢拼，英勇顽强。

国务院、黑龙江省政府和广大人民群众，高度赞扬中国人民解放军在扑火救灾中的贡献。

中央军委主席邓小平签署命令，嘉奖参加扑火救灾的解放军全体官兵。

抗洪救灾誓与大堤共存亡

　　1998年夏季，由于气候异常，暴雨频频，中国一些地方遭受严重洪水灾害。

　　特别是长江发生了自1954年以来的又一次全流域性特大洪水，先后出现8次洪峰，宜昌以下360公里江段和洞庭湖、鄱阳湖的水位，长时间超过历史最高纪录，沙市江段出现45.22米的高水位。

　　嫩江、松花江发生超历史纪录的特大洪水，先后出现3次洪峰。珠江流域的西江和福建闽江也一度发生大洪水。湖北、湖南、江西、安徽、江苏、黑龙江、吉林、内蒙古等省、区沿江沿湖的众多城市和广大农村的经济社会发展和人民生命财产安全都受到洪水的严重威胁。

　　面对这场多年未遇的水灾，党中央和国务院高度重视，号召受灾地区的广大干部群众，在各级党委和政府的领导下，紧急动员和组织起来，积极投入到严峻的抗洪抢险斗争中。

　　同时，中共中央总书记江泽民、国务院总理朱镕基以及副总理温家宝多次冒雨奔赴抗洪前线，视察灾情，指导抗洪抢险工作，命令解放军全力支持抗洪抢险。

　　中央军委作出重要指示：

严防死守，确保大堤安全，确保重要城市安全，确保人民生命安全。

广大人民、解放军和武警部队坚决执行党中央和中央军委的指示，全力奔赴抗洪抢险第一线。千百万抗洪大军斗志昂扬，信心百倍，"人在堤在，誓与大堤共存亡"的口号声响彻云霄。

在大堤上，江泽民站在水里为将士们鼓舞士气；雨水中，朱镕基冒着大雨看望战士。

将军跳进洪水里和战士们肩并肩手拉手，搭成人墙抵挡洪水的冲击，让堤身垮坡的速度得以减缓。

在抢险救灾第一线，绿色迷彩和橘红色救生衣，构成了一幅战天斗地的宏伟画面。

夜幕降临了，战士们打着手电在江堤上巡查管涌。

最危急的时刻到来了。

8月21日，第七次洪峰到来时，湖北省洪湖县长江干堤出现200米长的大滑坡和1.57米宽的大裂缝，眼见长江水穿堤而过，形势万分危急。

守堤官兵，蹚过一片齐膝的泥浆，从100米外的棉田取土扛沙包奔向大堤，一次又一次冲锋。大家心里都明白，这是在跟洪水赛跑，慢了就要垮堤。

一位军官赤膊挥舞着大旗，为冲锋的战士们鼓劲，喇叭里高喊着：

人在堤在，誓与大堤共存亡！

  战士们个个都像泥人一样，42摄氏度的气温，弥漫着发臭的气味。在这样恶劣的环境下进行高强度的作业，人很快就胸闷恶心得晕头转向。但战士们依然跑着扛沙包，有的跑着跑着扛着沙包就闷头栽倒在边上，多数是因为中暑，有的战士倒下后，就再也没有起来……

  在黑龙江哈尔滨，战士们在只有10摄氏度左右的气温里与洪水斗争。江水冰冷，战士们冻得牙都打战，但依然在泥水中扛着沙包飞跑，在冰水中打桩。决口被堵住了，战士们却倒在冷风阵阵的江堤上睡着了。

  哈尔滨的市民们被感动了，自发地送来热饭和热水，一边流着泪水，一边让战士们吃。

  在长江、嫩江和松花江流域的严重洪灾发生后，全军和武警部队投入兵力27.6万人，先后出动官兵433.22万人次，组织民兵预备役部队500多万人，车辆23.68万台次，舟艇3.57万艘次，飞机和直升机1289架次。官兵们抢救和转移群众达419.5万次，抢救加固堤坝7619.6公里，抢堵决口、排除险情5762处，转运物资7982万吨。

  广大官兵发扬"一不怕苦，二不怕死"的革命精神，用血肉之躯筑起了抗洪抢险的钢铁长城，涌现出高建成、胡继成等许多英雄人物和感人事迹。

  第八次洪峰过后，长江水位开始持续回落，此时，一种情绪在老百姓间持续升温。随着惊心动魄的抗洪抢险取得决定性胜利，人们知道，在一起并肩奋斗两个月的解放军，很快就要撤离。

湖北荆州人民感恩与惜别的情感，在 9 月 10 日达到高峰，这一天是送别子弟兵的日子。

早上 5 时，天还没亮，悄悄起程的军车，已经被群众包围了。道路两边火红的一片，红的旗帜，红的条幅，红的鲜花。条幅上写着：

感谢人民子弟兵！
军民鱼水情，抗洪显真情！

几个小学生扎着鲜艳的红领巾，高举着手臂行队礼，早已泣不成声。其中一个孩子举着一张红纸，上面歪歪扭扭地写着：

长大了我也当解放军！

30 万荆州百姓，箪食壶浆，扶老携幼，十里相送。

人们将鸡蛋、水果、鲜花一个劲地往车上扔，将眼泪一个劲地往地上砸。

大家都很感动，军车还没开出多远，有的战士已忍不住红了眼眶。

二、成为"两用人才"

- 1977年12月28日,在中央军委全体会议上,邓小平对全军官兵提出:士兵要学政治、学军事、学技术,还要学点数理化,学点工农业知识,学点外语。

- 人们听得都入迷了,许多带兵的难题,像冰雪见了阳光,像乌云遇到飓风,消失了。一个个俱乐部办起来了,一个个学习小组成立了,战士们笑了。

邓小平提出培养"两用人才"

1977 年 12 月 28 日，在中央军委全体会议上，邓小平对全军官兵提出：

军队干部既能在军队建设中发挥作用，到地方上也能发挥作用，打起仗来，又可以在战争中发挥作用，就能成为军队和地方都合用的干部。

士兵要学政治、学军事、学技术，还要学点数理化，学点工农业知识，学点外语。

邓小平特别强调：

今后我们军队只着眼于军队本身建设的需要是不够的，还要着眼于干部、战士转业复员到地方的需要。同时，还要使我们的干部和战士，经过训练后，既能打仗，又能搞社会主义建设。

随即，各部队根据军官和士兵的实际和需要，开展了培养军地"两用人才"的活动。

南京军区某师、成都军区某团、济南军区某守备团、中央警卫团等，在军官和士兵积极学习科学文化知识的同时，开始学习一些简单的民用技术。总政治部和这些部队所在军区及时总结经验加以推广。

总政推广了南京军区某师培养军地"两用人才"的经验。总政在江苏南京、浙江金华召开了第一次全军性的学习科学文化知识、培养军地"两用人才"经验交流会，推广了南京军区某师和成都军区某团等部队培养"两用人才"的经验。

海军在舟山群岛某地也召开了培养"两用人才"的经验交流会，全军各大单位都派人参加。空军、北京军区等单位在会上交流了经验，全军各大单位把这一活动推向了新的高潮。南京军区某师又总结出了"军、政、文、民一体化教育训练"的经验。

总参谋部、总政治部、总后勤部及时推广了这个师的经验，并提出：培养军地"两用人才"要贯彻"以军为主""以干部为重点"的原则。

从此，军队培养军地"两用人才"坚持以军队建设需要为主，把培养"两用人才"工作纳入教育训练轨道之中。

培养军地"两用人才"，是新时期军队建设中的一个新事物，是军队为国家建设输送人才的一项重要措施，很受广大战士，特别是农村籍战士的欢迎。

1977年底，邓小平高瞻远瞩地指出：

把军队办成一个大学校，使干部既学到现代战争知识，又学到现代科学知识和生产知识，还要学会做政治工作和管理工作，成为军队和地方都合用的干部。

考虑到战士复员到地方工作能更好地发挥作用，对战士的教育训练就要做到一兵多能。要学政治、学军事、学技术，还要学点数理化，学点工农业知识，学点外语。要使我们的干部和战士，经过训练，既能打仗，又能搞社会主义建设。

这一决策适应了军队现代化建设和服从国家经济建设大局的需要，受到全军官兵的衷心拥护和社会各界的普遍欢迎。

在中央军委的统一部署下，全军培养军地"两用人才"工作蓬勃开展起来。伴随着改革开放的步伐，培养使用军地"两用人才"工作不断发展。

1983年6月，邓小平高度评价了这一育人形式，欣然为这一活动题词：

大力培养既能打仗又能搞社会主义建设的军地"两用人才"。

1984年11月1日，邓小平在中央军委座谈会的讲话中，对培养军地"两用人才"工作给予高度评价：

培养军地"两用人才",也是个顾全大局的问题。现在军队培养军地"两用人才"做得不错,有成绩,这个很好。军队培养"两用人才",地方是欢迎的。这方面工作真正做好了,部队干部战士转业复员到地方就容易了。

余秋里同志告诉我,现在军队的养猪专业人员,一到地方就有用处,司机到地方是最受欢迎的。我们军队培养了不少有专业技术的人才,把其中一些人才转到地方各行各业去,对地方也是个支援。

为适应国家经济建设和军队现代化建设要求,培养军地"两用人才"的工作,经邓小平倡导深入地开展起来了。

据不完全统计,到1992年底,军队共有11万余名军官参加在职高等教育,近4万人取得大专以上学历,254万余名老战士在接受军政训练的同时,参加民用知识和技能的学习培训,其中30多万人获得军民两用合格或技术等级证书。

另外,在"两用人才"培养中,军队和地方特别重视对农村籍士兵的教育培养,有260余万农村籍退伍战士被征聘使用,使农村籍退伍军人"两用人才"开发使用率高达90%。其中有50万人担任了乡、村干部,100多万人进入乡镇企业，12万人任厂长或经理。其中1600多人被省、部级授予企业家称号，3600多家被评为明星企业。"两用人才"研制发明的6487项科技成果获国家或军队科技进步奖。

"两用人才"培养艰难起步

在邓小平发出培养军地"两用人才"的指示后,一天,在某军师部里,一台打字机咔嚓咔嚓地打出了这样一纸公文:

  任命七团司令部军务股参谋夏家田为该团三营九连政治指导员。

夏家田揣着这一纸任命来到了九连。

夏家田入伍前是武汉市的高中生,在一起入伍的同乡中是出类拔萃的人物。从战士干到军务股参谋,夏家田经历了很多,最让他难忘的是自己当战士的时候枯燥的业余生活。

枯燥的士兵生活使夏家田决心要为自己的战友们创造出一个热热火火的天地,要在九连雄壮的金戈铁马的主旋律里,增添几个悠扬、柔和的音节。

此时,改革开放的大潮带来了破除牢笼的春风,祖国大地上到处奔涌着解放思想的潮流,军营里也发生了翻天覆地的变化。

来当解放军的新兵似乎也"解放"了。新兵们来自五光十色的商业城,晶亮的手表、黑亮的皮鞋、镀金的十字架、施特劳斯轻曼的舞曲、福尔摩斯缜密的推理，还有巧克力、麦乳精、收音机、照相机、摔跤服、溜冰鞋、拳击手套。在各种各样的书中，有的夹着明星照、年历片和缠绵的情书。在草绿色新军装的肩头，一些人还晃晃荡荡地背着橘红色的提琴、吉他！

比这更令人眼花缭乱的是青年人万花筒般的幻想和浪漫的憧憬。一个个都像王子！他们要驾驶汽车、操纵导弹、发射火箭，要入团、要入党、要"四个兜儿"、要考军校，还要李太白、贝多芬、罗丹、托尔斯泰、爱因斯坦、居里夫人……他们什么都要！一切都直言不讳，一切都叫人吃惊！

似乎在一夜之间，士兵变了，军营变了，传统的天平倾斜了。

新兵们的思想发生了如此巨大的变化，80年代的兵应该怎么带？这不仅给九连的干部提出了一个难题，也给全军提出了一个历史性的课题。这不仅关系到当时部队的建设，也关系到未来军队的发展。

满怀激情的夏家田刚一上任，这些新问题就给他来了个下马威。

午饭后，超期服役的班长张海松趴在床上入迷地看书。连长几次叫他去搞军体练习，他一动不动。

连长走前一瞧，一本数学书，一叠草稿纸，纸上写满方程式！

没等连长发问，张海松先开口了："那些东西我闭上眼也能做！我当了6年兵，足足在地上趴了6年，你知不知道什么叫'浪费青春'！"

野外训练返回时，三班的张忠诚不肯背饭盆。

班长把饭盆挂上他的肩，他气呼呼摔在了地上。

饭盆摔瘪了，干部发火了。

这个兵平时就不咋的，经常捧着个破收音机穷捣鼓，除了正规训练，"三五枪"叫不动，"三五弹"不愿练，"三五步"不肯走，这次非给他个处分不可！

指导员夏家田先找他谈话。谁知一见面，张忠诚倒冲着夏家田呜呜地哭起来了："你们干部太不关心战士了！我学点技术，就像犯了法一样，动不动就挨训，当兵的还要不要出路！"

夏家田什么也没有说，只觉得鼻子发酸。

新时代要有新时代的带兵方法，不能再照搬老一套了。夏家田决心搞出些新花样。

他想起了一件事：那年回武汉探亲，夏家田应邀参加了一位好友的婚礼。乐曲响起来了，那才是真正的立体声！声音雄浑、悠扬、奔放。

这落地式音箱富有诱惑力的音色，拨动了夏家田的心：连队也得有！

钱从哪儿出呢？夏家田发动全连捡废铁、攒废品头，好不容易凑了172元钱，终于装起了落地式音箱，使战士们在训练之余听到了有滋有味的音乐。

这时，中央军委发出了培养军地"两用人才"的号召。这个号召点亮了夏家田的心,也点亮了全军战士的未来。

九连支委会讨论了一次又一次,终于决定:支持战士学习技艺,发挥战士一技之长。以连队建设为主,培养既适合军用、将来又适合民用的"两用人才"。

连队办起了名副其实的俱乐部,买了台一个喇叭的录音机。又根据个人爱好成立了书法绘画、新闻报道、无线电修理、木瓦工等业余学习小组。

夏家田还兴奋地在俱乐部的墙上,开辟了一个专栏,通栏写了6个大字:

多练几把"刷子"!

1981年元旦来临的时候,《迎春曲》从落地式音箱里飘出,播撒着欢乐的气氛,全连欢聚一堂,庆祝新年的到来。

录音机里,响起了夏家田的男中音:

同志们新年好!

在即将过去的一年里,我们九连军政训练双丰收!具体地说有十大新闻:1. 军事训练成绩全团第一;2. 在师、团介绍了连队政治工作的经验;3. 团后勤处在我连召开了生活管理现场会……

夏家田觉得不如亲口说痛快，他关了录音机，清了清嗓门，开始发表新年的"施政纲领"：

党中央提出了"调整、改革、整顿、提高"的方针，明年，咱九连也有个8字方针，就是让大家"学好、干好、吃好、玩好"。我们还要买照相机、放大机，我们连队的每一个战士，在服役期间争取都能学会拍照和洗相；爱好无线电的同志我包教，明年都学会修收音机……

说到最后，夏家田更自豪了：

咱们九连现在有6个"机"了：电视机、落地式收音机、录音机、电唱机，照相机已经联系好了，猪圈里，还有一只会餐时剩下的老母鸡……

掌声笑语中，夏家田春风得意地带着他的连队，跑步跨进了1981年。

连长新招培养"两用人才"

连长王便永曾被有的人看作"大老粗",也有的战士背地里喊他"土八路"。其实,他是个有志气、有思想的人。王便永爱唱歌,也会教歌。他抄的歌本,有插图,有装饰,像精美的工艺品!就连师宣传队的姑娘们也羡慕得直想要哩,只是不好意思开口。

连队没有配指导员,他自然成了"第一执政"。王便永用他全部的聪明才智,坚定不移地执行着前任党支部书记提出的"8字方针"。

照相机、放大机买回来了,象棋、跳棋、军棋、乐器买回来了,专业知识书籍一下子买来了400多本!

九连的战士们腰杆硬硬的,脖子挺挺的,到哪里都底气十足!

为了感谢这个可喜局面的开创者,在夏家田到师教导队两个月后,九连的干部聚齐商量,把夏家田请回连队。

食堂里摆上了丰盛的菜肴,大大小小的碟子和碗摆了整整两张乒乓球台!鸡、鸭、鱼、肉、蛋,红、黄、蓝、白、黑,咸、淡、香、脆、甜,烧、蒸、煮、炒、炸,炊事班大显身手!

看着这些丰盛的佳肴,夏家田却吃不下去。在九连,他还有许多事情没有来得及做！战士们往他的碗里夹菜，他咽不下去，喉头似乎被什么东西堵住了。他双眼慢慢红起来，眼眶里溢满了泪水。

晚上，夏家田与连长王便永整整谈了一夜。

夏家田说："我问心无愧，对得起连队，对得住战士！对你，我只有一个要求，希望把学习小组办下去……哦，对了，你们要夺军政训练双优，文唱武打，样样过硬；还要让战士们学得好，干得好，吃得好，玩得好！"

王便永是他的知音，他说："只要有我在，你放心！"

从高级陆军学校毕业的二营教导员邹海勤先发现了九连这个"富矿"，把王便永请到二营，向全营排以上干部"传经"。

人们听得都入迷了，许多带兵的难题，像冰雪见了阳光，像乌云遇到飓风，消失了。二营的小画家、小木工，紧急动员起来了。五连指导员周明远把自己准备转业时做家具的木料献出来了。一个个俱乐部办起来了，一个个学习小组成立了，战士们欣喜地笑了。

二炮连买不起音箱，各班班长们代表战士上连部"请愿"："一个月不吃肉，卖头大肥猪，把音箱抬回来！"

墙内开花墙外红。三营九连的经验，首先在二营全面推广。

1981年底，九连连长王便永登上了军区基层政治工作会议的讲台。

在这个隆重的大会上,他说的还是夏家田说过的话:

　　我们要夺军政训练双优,文唱武打,样样过硬;还要让战士学好、干好、吃好、玩好!

猪圈旁召开"两用人才"培训会

1982年春天,温暖的阳光懒洋洋地洒在军营里,九团所在师的师政委高俊杰没有心思欣赏窗外明媚的春光,紧皱着眉头一个劲地抽烟,火柴棒一根又一根,烟屁股一个又一个。

在培养军地"两用人才"的活动中,他树立了九连,宣传了九连,还带着团长、政委们上九连参观。他用九连这块石头,投在沉闷的军营中,激起了一簇簇水花。但他还不满意,他要抓一个团,推动三个团,推动全师。他要放一把大火,烧烧他的部属们的屁股!

翻开各团的档案,他的目光落在了九团上。

九团在全师是最不起眼的。然而,九团却有一股不甘落后的志气。九团上去了,别的团还坐得住吗?

师政委高俊杰驱车来到九团,找团政委李国亮:"你们深入研究一下,培养'两用人才'的工作,目前遇到些什么矛盾?怎么解决?党委应该怎么抓?机关怎么分工?时间、教员、经费、场地又怎么解决……"

高政委一下子出了10多个题目,还给了九团一员干将:"团党委什么时候开会,我什么时候参加。另外,我让李枫林到团里来,同你们一起搞。"

李枫林来到九团,首先带领全团进行了3次人才普查，把全团查了个"人人追踪三代"，档案朝天，库门大开！过了3遍"筛子"，团部大楼里摆上36种手艺特长的123份人才档案。

普查的结果让团领导们震惊了，这么多的人才居然被埋没了！

1982年6月28日，九团党委的全体成员，来到三连的猪圈前。

阳光下，一间又矮又小的房子前，站着饲养员张维才。他黑红黑红的脸膛，亮闪亮闪的眼睛，这是一个很容易让人遗忘的脸庞，但就是这个普普通通的战士，竟是一个自学成才的修表匠，他的"地下修表行"已经修好了几百块手表。

早在1981年4月的一天，四班副班长去市里修表，误了班车，跑步回连请了假。他脸皮薄，连长一顿批，竟哭开了。张维才躺在床上，睡不着觉，他想自己会修表该多好啊……

不久，张维才恭恭敬敬地出现在一位修表匠面前。

"师傅，教我修表好吗？"张维才恳切地说。

"走，走，我正忙着。"修表匠头也没抬。

一身军装的张维才从没被人这样冷遇过，转身就走了。但他往连队走了一半，却又折回去了，他觉得绝不能半途而废！

张维才到修表匠的家里，二话没说，担起水桶去挑水，却被修表匠一把拽住："解放军同志，我家有人挑水，你还是回去投手榴弹吧！"

张维才沮丧地回到军营，蒙着枕头流泪。

晚上，张维才拿自己的新表开刀了。拿着小镊子的手直发抖，一个螺丝一"蹦"，不见影了！他趴在地上找呀找，找不到；弄了块磁铁，吸呀吸，还是吸不到。最后把桌子、床铺都搬开，一直折腾到凌晨，才终于找到了。

两个月后，张维才竟把一个老乡停了的表三拆两卸地弄好了！一传十，十传百，战友们的坏表都往猪圈里送，猪圈成了"地下修表行"。

一年来，张维才买修表用具、零配件花去290多元钱，为战友修表227块；工作也没耽误，上年还喂了63头猪，纯盈利2360元；打了10多次靶，次次优秀。他被评为优秀义务兵，荣立了个人三等功。

在阳光下，团党委扩大会就在猪圈旁召开了。

一个问题尖锐地提了出来：张维才修了200多块表，为什么没有一个干部知道？为什么张维才又害怕干部知道？猪圈"地下修表行"，使我们的党委委员们大开眼界，大吃一惊！为什么不敢承认呢？张维才这是在为今后找出路。岂止战士，我们的干部不也时常为"出路"二字伤脑筋吗？

党委委员们看到士兵心里的隐秘与火花，他们向师党委写报告，为张维才报请二等功，号召全团开展培养"两用人才"的工作。

团队寻找生财之道全盘皆活

在养猪场挖出个修表匠,这让九团的领导们感到自己工作确实有没做到的地方,他们决心改变这个局面,但问题也接踵而至。

九团政委李国亮犯愁了,他有劲没处使了,眼下不仅需要力气,还需要汗水,要实实在在地办事情,还需要实实在在的钱。战士们要学文化、学技术,总得拨点钱下去。但是,团里也穷得叮当响啊!

李国亮与其他几个领导研究了一阵,决定"看菜吃饭",给每个连队拨款30元!

会议决定一下达,干部们就交头接耳地议论开了:30元,能派什么用?买书就那几本,一个战士倒还能分上几页……难听的话直往耳朵里钻。

李国亮的脸红到了脖子根。他用浓重的豫南腔说:"同志们,实在对不起。俺团的家底大家都清楚。这30块钱,多少算一点心意。古人说:'礼轻情义重。'望大家体谅我们,把俱乐部办起来,把育才工作搞起来。同时请大家出点子,找出一条致富育才的路子来。"

发自内心的话使连营干部都动情了,领情了。

当晚,好些连长、指导员都没睡好觉。一个团好比一个家,既然是一家人,就要互相分忧解难。

李国亮更是睡不着，他想起上任师里高政委的一番话："你们团这几年工作上不去，原因有两条：一是班子思想散，心不齐；二是家底薄，没有钱。第一条已经作了组织调整。希望你这个当党委书记的，尽快丢掉这个穷的臭名声，把部队搞富、搞好。穷，就是无能！"

3天后，李国亮把各个连队的指导员请到团里，开口就是"安民告示"："今天这个会，叫'穷帮穷'会。团里穷，营里穷，连里更穷！所以请你们来，一起合计合计，能不能找到致富的'金钥匙'。"

经过几天的失眠，连队的指导员们心里都有了谱儿。有的说："团里想富，责任到户。把菜园、鱼塘、作坊承包给连队，政委你敢不敢拍这个板？"

有人又献一计："肥水不流外人田。维修营房、营具，干部战士都能干，这笔钱不能再给人家赚。"

又有人献策了："要育才，先重才，部队中人才不少，多种经营，广开财路，这叫以才生财，以财养才……"

李国亮听了心头一亮："专业承包的政策发展了生产，发展了经济，地方能搞，部队为什么不能搞？"

但为了慎重起见，他召集党委常委开会，专题研究了致富的门路问题。他建议，先找个连队试验一下，出了问题，由他一人负责。

决议形成了。

营房维修、小作坊、菜园、果园、鱼塘等项目承包给了连队，合同上盖着鲜红的印章。李国亮生怕出错，他千叮咛万嘱咐：一、保证完成各项任务；二、不能违反党的政策。

这一招果真灵。招了钱财，出了人才。

九连有个战士会种茶。以前团里 25 亩茶园，每年收茶最多 25 公斤。九连承包一年，按合同上交 40 公斤，还剩 65 公斤多，仅这一项就收入了近 500 元。另外，茶园里还套种了西瓜、黄豆，又收入了 540 多元。

战士汪道根会油漆，他带着油漆学习小组的 5 个徒弟，承包了营房的全部油漆任务。卫生队的桌椅门窗，如果请人，当时少说得付 800 元，但是汪道根只收了团里 150 元。

全团一富，全盘皆活。

1982 年，九团有 15 门生财之道，共收入 16 万元。

随之而来的是教育训练成绩也直线上升，全团基础训练的 9 个重点课目全部优秀，轻武器射击优秀率创历史最高水平！

创造新的育才组织形式

九团的事迹在全师引起了轰动，各团大学九团，全师摆开战局，九团的经验迅速在全师推广。

九团有"十个一"：一套职责、一套制度、一套教案、一套档案、一套典型、一套经验、一套照片、一套幻灯、一台戏，另加战士人才做的一套套家具。

然而，这还不是最得意的，最得意的是九团育才领导小组组长、副政委高益珊创造的那套组织形式：

　　团、连两级建组，以连为主。

莫看这 10 个字平淡无奇，为了它，高益珊不知跑了多少个连队，熬了多少个夜，还病了三场。这一新的育才组织形式，是九团的法宝。

全团形成教学网，团里办几个专科，招考录取尖子；连队成了附属学校，一个小组就是一个班级。有板眼，有气派，扎实，可行。

最先从这些经验中受益的是七团和炮团，他们和九团紧挨着，家属院只隔一道墙，出门同一条大马路，他们一招一式都效仿九团，轰轰烈烈干起来了。

然而，收获最大的却是离九团最远的八团。

八团党委也喊学九团，八团虽然远离九团，一道围墙把全团箍了一圈，但团党委3次去九团"不耻下问"，还让连队也对口学九团。

回来后，他们写了"24字诀"：

以团为主，统一组织，打破建制，
根据专业，利用特长，分散教学。

全团开辟了18个教学场地，一声军号，人走东南西北：无线电爱好者直奔通信连，学机电的上修理所，团卫生队则是"穿白大褂"的学府……

对于培养军地"两用人才"，八团在取经的同时，拿出了自己的见解：驻地集中，连队教员不足，场地缺乏，这样做，能集中力量，保证质量。

他们还振振有词：为什么要对别人五体投地呢？百分之百的心悦诚服，那不是真正的虚心，那才没出息呢！学习，为了创造、改革，没有模式。

似乎为了证明自己独树一帜的正确性，八团居然别出心裁，搞了个军地"两用人才"成果展览！

展品璀璨耀眼，琳琅满目！

什么超级大国的飞机模型，自制的野战炊具，两用教练弹，三用抛射器，还有一份出自炊事员手笔的关于未来战争的8万字的论文，洋洋洒洒地论证了21世纪脚下这个星球的战争！还有摹"颜真卿"，仿"毕加索"，苏杭刺绣，青田石雕，惠山泥人，"刘三姐"的花篮，"唐伯虎"的笔筒，"祝员外"的宫灯，立体声音箱，"48条腿"藤器竹椅，茉莉花茶，就连雪白的长毛兔，也在成果展上搬出来了！

培养"两用人才"结出了丰硕的成果，全师决定进行进一步推广。

1982年7月29日，全师军地"两用人才"代表大会召开了！

"小电脑"、小翻译、"西瓜班长"、修表师、剪纸家、男高音、女中音、作家、画家、球星、摄影师，等级木、漆、瓦匠，铜刻的、铝刻的、竹编的、草编的、制药的、养鱼的、种花种茶的、育蘑菇银耳的……334人聚集一堂！

8个先进单位的代表，26个先进个人，披红戴花，各自捧着放大机、大辞海、工具盒……像凯旋的勇士，满面红光地走下台来，真是荣耀得很。

首长肯定人才培养成果

热热闹闹的军地"两用人才"成果展惊动了军里的首长,张军长来到了师里。

张军长带来了几个问题,要高俊杰、李枫林回答:这样搞方向对不对?符合不符合党的政策?时间从哪里来?会不会影响教育训练?

张军长没有等现成的答案。他去九团、走全师,一边看,一边找干部谈,向战士问。他被这一切深深地吸引住了。他戴上眼镜,一件一件地看人才成果展览的展品,整整看了一天!

张军长回到师里:"不要汇报了。那几个问题,战士都回答了,他们回答得很好!"

张军长当即决定,正在师里召开的军政治教育改革现场会,一分为二,再开上个培养军地"两用人才"现场会。

在召开的现场会上,张军长发表了一个多小时的即席讲话,肯定,赞扬,热情奔放。

马鞍良政委也来到了师里。马政委也同张军长一样,先一头扎到团里,扎到连队。

九团的领导真荣幸,他们刚同张军长合过影,又同马政委合了影。

马政委慷慨激昂地说:"培养人才要和教育训练'同步'!第一年兵,主要学军事;第二年兵,拿出一定时间学文化,学技术;第三年再多些!搞一个军,我们做不了主,但军里有权,先搞一个连,一个营,一个团!试验嘛,就从1983年开始,干!"

就在马鞍良说出这番话的三个月后,1982年12月,军区在这里召开了培养"两用人才"现场会。师部大礼堂里,坐满了来自军区部队的各级领导和军区的部长们。

闪光灯不停地亮,高压水银灯刺人眼目,录像的,拍电视的,拍电影的,还有报刊电台的记者们。

主席台上,马鞍良同军区司令员和总政治部来的同志并排坐在一起。他激动地伸出右手食指,像钻杆不停地上升,有时站起来,甚至挥动拳头。他的话如高山流水,一泻千里:

我想起了一个故事,是老军长说的。红二方面军在长征途中,有个营接到团部的一个命令,营长认为既然是命令,反正就是往前冲,直到团里派通信员来催:怎么还不撤?营长才恍然大悟。全营都不认识字啊!可现在大不一样了。

过去搞射击,缺口准星讲半天,还用纸片放来放去,打个优秀得使上浑身劲!如今,战士文化高,脑瓜灵,不用练那么多时间了!战士会了的，为什么还要天天重复，浪费时间呢？这样子，叫我也不愿意来当兵！

何况现在，当兵的都面临"二次就业"，不考虑吗？不现实。干部回地方，能干什么呢？都去当大队长？中国哪有这么多的大队长！大队长也不见得能当好！

我们这个师，抓了培养"两用人才"，面貌变了，人心更齐了。老兵退伍，都不愿离开部队哩！人才带来了钱财，生活也上去了，到1985年，我们连队伙食要搞得更好，要让战士猪肉都不想吃！

兵营要变成公园、花园、校园。听说，许多外国军队都有专门的就业教育，我们得超过他们！

什么是战斗力，人才就是战斗力！

我听说有个连长，带着战士们学习了统筹学，这是一门科学、管理学，尔后用这革新了训练器材。

这不是出战斗力是什么？而且这是真正的亦军亦民的"两用人才"！

三、军工转为民用

- 邓小平神情严肃，默默地听着几位部长和国防工办主任的汇报。

- 卢绪章拿起电话，给包玉星打电话。电话那边一听是卢绪章，态度果然热情，大哥大哥地叫个不停。

- 当工人们从舱里爬出来的时候，除了还在活动的身躯和转动的眼睛，简直就像一块长满铁锈的废铁了。

邓小平决定实施军转民战略

1977 年，邓小平对前来看望他的老朋友叶剑英、李先念，满腹感慨地说了一句话："我出来工作，无非有两种态度，一个是做官，一个是为人民做点事。"

深感焦虑的邓小平多次与陈云、李先念等国家领导人商议，决定"要大力抓生产，使国民经济能够尽快恢复和发展"。全面整顿、恢复和发展国民经济，说起来容易，可从哪里下手呢？

当时国民经济已濒临崩溃边缘。在过去的 10 年间，整个世界特别是周边国家已经发生了翻天覆地的变化，而 10 年后的中国却面临着空前的危机，1976 年，全国国营企业亏损总额达到 177 亿元，全国财政赤字接近 30 亿元。

如何走出困境？邓小平的手指循着国民经济的脉络一条一条地捋过去，就像当年在指挥所里捋过军用地图上的一条条细线。

国民经济要想走出困境，实现高速发展，必须以工业为先导。但摆在邓小平面前的是，整个工业系统盘根错节，上挂下联，就像一团乱线，需要找一个线头才能把它梳理清楚。

于是，邓小平把注意力集中到国防工业的领域。

国防工业是一个国家的战略性支柱产业，也是一个国家先进制造业的精华部分和国家科技创新体系的重要推动力量，这一着棋下好，可以盘活全局。那就先从这里下手，如同打仗攻坚一样，关键要选准突破口。

首战慎重！当时的国防工业，由8个机械工业部分兵把守，由谁来带"军转民"的头呢？深思熟虑的邓小平把目光投到了主管船舶工业的第六机械工业部身上。

邓小平想起了周恩来的一句话。周恩来生前曾多次提出：

> 总把从东南亚、港澳取得的外汇付给西方租船是不行的，这不符合我们的政策，要把扩大附加值高的机电产品出口提到议事日程。

看来，周恩来留下的这个任务要让六机部来带头完成了。经过一番深思熟虑，他更加坚定了以船舶工业为突破口的决心。

中国的船舶工业与飞机、汽车等其他制造业比起来，基础相对较好，已经有了100多年的历史。再说船舶本身就是国际性产品，建造要按照国际标准，结算是按美元，运营还要遵守国际海事规则。

船舶市场注定是没有国界的，这有利于我们的船舶工业军转民后，尽快走向世界。近代以来世界工业强国的崛起无一不是以造船业起步，以迈向海洋为目标的。

看来，这是个不错的突破点！邓小平主意已定。

此刻，要想振兴中国的船舶工业就必须找一个合适的领路人。六机部部长的人选逐渐集中到一个人身上，即时任外贸部副部长的柴树藩。他懂经济，通外贸，为人坦荡，是绝佳的人选。

1977年12月6日8时30分，邓小平约见了几位国防工业部门的负责人。他们是国防工办主任洪学智、三机部部长吕东、五机部部长张珍和即将上任的六机部部长柴树藩。

邓小平神情严肃，默默地听着几位部长和国防工办主任的汇报。各位部长的报告显示，国防工业的形势不容乐观，而且十分危急！国防科技工业再不改是不行了。

邓小平语气坚定地指出：

中国的军工体制不能带动民用工业，不能带动整个经济发展，这是一个浪费。今后的方针应该是以军为主，以民养军。

在讨论、研究了国防工业的发展方向后，邓小平把头扭向柴树藩强调说：

六机部造船不只是为海军用的，更多的是民用。要保军转民，造民船养军船。另外，要大胆引进国外的先进技术改造我们的企业，江南厂、大连厂都要彻底改造。

引进就要全部引进，要彻底革命，不要搞改良主义，否则牛不像牛，马不像马。

邓小平目光闪烁，盯着柴树藩意味深长地说：

船舶工业潜力很大，要尽快整顿，把生产搞上去！中国的船舶要出口，要打进国际市场！

柴树藩听了，心中好像炸响了一颗原子弹！向国外学习，向国外出口，这些词现在看都极为平常，可是在当时，也只有邓小平敢公开说这样的话。

邓小平发聋振聩的话语还在激荡：

我们的造船工业应该打进国际市场。我们造的船比日本便宜，我们的劳动力便宜，一定要竞争过日本！要出口，人家不干的，我们干。总之，国际市场有出路，要有信心。

柴树藩望着邓小平的炯炯目光，明白了自己接到的是何等重要的一个任务，把世界第一造船大国日本作为中国造船工业的赶超目标，需要怎样的远见和胆量啊！

起步就与世界第一造船大国看齐，中国船舶工业志存高远！

柴树藩带领造船行业闯市场

1978年1月5日，68岁的柴树藩正式到六机部走马上任。这是他职业生涯中的一次重大变动。

柴树藩是一个非常有思想有办法的人，他对六机部的工作早已提前预热。邓小平指示一下，他就带领六机部风风火火地行动起来。

在当时，国际造船业的形势异常严峻。

当时中国造船业，面临着严峻的生存危机，国内大量船厂订货大幅减少，生产任务不足、亏损严重；当年最大的困难是如何解决30多万造船职工吃饭问题和"关、停、并、转"的难题；第二大困难是由于工业基础薄弱和长期国际封锁，我国船舶工业水平与西方国家差距越来越大，设备陈旧、技术老化。

而日本通过国家"计划造船制度"，把造船业推上了发展高速路，1956年便超过英国并夺得世界第一造船大国的宝座。

相邻的韩国也不甘落后，20世纪70年代开始把发展造船业作为国策，提出"造船立国"的口号。1972年，韩国的蔚山船厂打下第一根桩，标志着韩国造船业开始起飞，其建设和投产之快令人惊异。到1981年，韩国从一个名不见经传的造船小国成长为仅次于日本的世界第二造船大国，中间仅仅用了9年时间。

就在中国的造船业重新起航的时候，又赶上国际上的形势也很糟。由于世界航运萎缩，当时的国际造船业正处于一派萧条之中。

1978年，世界造船产量下降到10年来的最低点。英国、法国、联邦德国、日本、美国、挪威、荷兰、瑞典的造船业订单下滑，均遭重创。

在当时，一位日本造船专家写道：

整个世界的船台，都笼罩着黑沉沉的阴影。

据英国劳埃德船舶年鉴统计，1978年是世界造船业10年以来最糟糕的一年。西方经济危机与石油提价，进一步打击了造船业，闲置油船猛增到3299万吨。英国《经济学家》报道，日本造好的20多艘大型油轮，因为船东弃船，只好漂在海上当水上油库和粮仓。

柴树藩深知，要想在这样的条件下完成这个历史性的任务，首先需要的是掌握第一手资料，找出我国船舶工业落后的症结所在，以制定相应的对策。

柴树藩到任后，立即请来了日本最大的造船企业，三菱重工总经理古贺繁一作为造船咨询专家，带着众人深入南北各大船厂调查研究。

柴树藩到沿海的船厂转了一圈后，心情十分沉重。中国的造船业在20世纪70年代陷入了尴尬的困境，由于长期不重视民船建造，生产结构极不合理，经济效益极差，整个行业几十万人，坐吃山空，就指望着国家下达的军品任务维生。中国的造船业，处在一个生死存亡的历史关头。

看到船厂里的景象，古贺繁一有些迷惑地问柴树藩："几个工厂的机器、吊车到处是铁锈，有两个船坞里，野草快一人高了！这些工人都不干活了吗？部长先生，这是怎么回事啊？"

古贺繁一直言不讳："柴部长，你们用的一些方法太落后了，世界上早不用了，可你们为什么还在重复干这种效率非常低的活儿呢？"

回首历史，目睹眼前长满野草的船台，柴树藩一时找不出合适的言语给这位对华友好的日本专家解答，他只能保持沉默。

在近距离地考察过中国造船企业后，古贺繁一非常坦诚地告诉柴树藩说："你们的造船水平至少落后世界25年。"

听到这样的话，柴树藩心中愈发难过。新中国成立快30年了，我们的船用主机，自己生产的质量还不过关，很多型号得靠进口。船壳子虽然可以造，但工艺落后，许多技术指标比国外差一个数量级——差10倍。船用设备更让人揪心，一个惯性导航的漂移度，国外标准是万分之一，我们自称达到了百分之一，但是我们根本没有测试手段，完全是估计的。

站在船台上的荒草丛中，柴树藩抚摸着锈蚀的机械暗下决心，就是"推"，也要把中国的巨轮推下海。虽然条件不利，但中国人从来不都是在不利条件下创造奇迹的吗？

依据长年从事计划工作的丰富经验，他心中有了改革发展的初步方案，船舶工业要走出困境必须以质取胜，不能靠"人海战术"拼数量。

柴树藩果断决定：六机部立即压缩战线，集中力量首先引进国外先进技术和专利，组织科研攻关，尽快掌握其核心技术，同时加强管理，改造现有船厂。

这一年，六机部在建的大中型项目有 100 余个，总投资规模达 34 亿多元。

许多工程稀稀拉拉，骑虎难下，顾此失彼，矛盾重重。按原规模，以当时国家分配的年度计划投资，至少需要 10 多年的时间才能完成。柴树藩要求各地把有限的资金用到关键之处，不能再遍地开花。

当过国家建委副主任的柴树藩痛下决心进行清理，该停建的停建，该缓建的缓建，该验收的立即验收，119 个在建项目一下子压缩到 42 个，砍掉了一多半。

这是一项意义深远的战略决策，甩掉了长期以来敞口花钱、坐吃基建饭的沉重包袱，腾出手来，对现有的企业进行必要的技术改造。

1978 年 5 月，六机部在北京向阳饭店召开了直属各造船厂领导干部工作会议，这是柴树藩担任六机部部长以来参加的第一次全行业工作会议。会议的主题是研究下一步造船工业怎么办。

在会上，柴树藩传达了邓小平的指示。

当人们听说要改变从前"以军养民"的方针，把企业推向市场的时候，所有的人，特别是指望着从部里拿回订单的人愕然了。

到会的各单位领导怨声不断：我们为国家干了几十年军品，没有功劳有苦劳，没有苦劳有疲劳，怎么国家说不管就不管了！

从三线来的干部更是声泪俱下地向柴树藩等人诉说：我们背井离乡，钻山沟，住草棚，为国防建设献了青春献终身，献了终身献子孙，今天弄得快没饭吃了，不给任务，我们绝不离开部里。

"打进国际市场"的话音还没落地，会场里沉闷的气氛躁动起来，人们开始交头接耳，似沉闷的阴云里滚动的雷声。

时任六机部生产局局长的王荣生回想当年的情景，他说：

> 那时的船厂大都是"吃不饱，吃不了"。所谓"吃不饱"就是军品任务不足，"吃不了"就是更新换代的船又拿不出来。邓小平的指示，在六机部上下引起了极大的震撼，一时间议论纷纷，争论十分激烈。国内的船都造不好，还

能出口吗？那时候，我国的年造船能力不过40万吨，仅相当于国外一个小船厂的造船能力。

望着会场上密密麻麻的一片人头，一双双渴望的眼睛，柴树藩的心情十分沉重，他不知道该如何开口。

大家的心情柴树藩十分理解，但局势的发展并不接受人们心中的怨气。中央对此也早有预料。中央认为大规模战争一时打不起来，国力有限，必须尽快将财力用到经济建设上来。

邓小平直接告诉老部下："军队要忍耐！"全国开始从"早打，大打，打核战争"的盘弓错马、蓄势待发状态转入和平发展轨道，庞大的军费压缩了，军品任务随之锐减，民品任务没有。

1978年，整个造船工业开工率不足40%，到了1979年，任务几乎为零，各造船厂马上要断顿，会场内外怨声一片。

厂长们都眼巴巴地盯着柴树藩和六机部的领导，希望能要点计划回去。

柴树藩干脆把讲话稿放到一边，毫不客气地对着部下自揭其短："造船工业是近代工业，但又是最老最早的一个行业。上海江南厂113年了，是最老的厂子，大连造船厂有80年。但老不是你骄傲的资本，建国29年，我们造的船用主机过关了吗？我们的建造工艺先进吗？不错，船壳子还可以造，但造法也不高明！这些都是什么水平呢？大体还是50年代的水平。"

会场鸦雀无声，只有柴树藩那浓厚的胶东口音在回荡：

"我问日本的专家，我们的差距在哪里？人家讲得比较客气，说你们的设计方法就不算先进！船舶设计、制图，还是铅笔画图，拿鸭嘴笔来描图。这个办法，35年前搞设计时使用过，现在世界上早就不用了，现在都是复制、复印。等你画完一张图，人家多少张都复印出来了，可见我们效率之低。设计计算有时一算就半年、八个月，到头也算不清楚，工具、方法这样落后，你怎么追上世界水平？"

柴树藩的话一针见血，刺中了船舶工业的要害。

坐在椅子上的人们心中泛起惭愧，柴树藩打开的这扇窗户让他们看到了自己的不足。

"过去我们是为部队造出了不少舰船，填补了一些空白，但我们要清醒地认识到，那只是解决了有和无的问题，与世界先进舰艇比差距很大，下一步要解决优的问题！陶醉于过去的成绩是危险的！民船的现状更不乐观，型号陈旧、落后，可靠性差，建造周期长，用船部门不喜欢要国内造的船。不要埋怨人家，这得怨自己，因为你自己太不争气了嘛。船舶工业出路只有一个，那就是大胆引进、彻底改造！向市场要任务！"

柴树藩讲了一个多小时，会场上第一次没有了此起彼伏的应景掌声，所有人都被这位新上任部长的直白发言给震惊了。

自己不行，不能埋怨别人不给订单！人们服气了。但眼前，这难关如何渡过呢？几十万造船人犹如嗷嗷待哺的婴儿，在自己吃饭之前，你总得先喂他几口奶水甚至米汤，才不至于饿死呀！当务之急是"找米下锅"。

会议结束后，柴树藩决定先争取国内市场。

陈云、李先念、王震、谷牧、姚依林、康世恩、薄一波等 10 余位中央领导都作了批示，李先念、王震、薄一波等还专门组织召开了几次协调会。但由于造国内用船牵涉的面太广，六机部的造船质量又不高，六机部与交通部的合同迟迟未能签订。

11 月 28 日，柴树藩又给薄一波写了一封信，信中保证：

> 我们所造的船，其质量不低于世界标准。

这封信后来转给了胡耀邦总书记，胡耀邦批注道：

> 如果真是这样，那就真正有志气，应大大表扬。

六机部终于得到了交通部的订单。

在中央领导的干预下，事情终于有了圆满的结果。交通部体谅国内船舶工业的困难，给了一部分订单。彼此指责埋怨的现象为之一扫,互相合作支持的融洽气氛开始形成,薄一波副总理高兴地称之为"机构改革后新气象之一"。

一次订造几十万吨的船,而且成批安排生产,这在六机部是空前的,在世界上也不多见。

对于备受煎熬的国内各大船厂来说,这无疑是雪中送炭,一大批船舶配套厂更是久旱逢甘霖,长期闲置的机器又隆隆转动起来了。

柴树藩争取香港船舶订单

船舶工业终于拿到了国内的订单，解决了数十万人吃饭的问题。但是，旧的框架已经不适应新的形势，中国的船舶工业，如果不尽早进行战略大转移，整个行业便有全军覆灭的危险。

这一点，柴树藩和六机部党组已形成坚定的共识，他们把目光投向了国门之外。

柴树藩仔细分析了国际市场的动态。

20世纪80年代，世界造船业延续了自70年代中期以来的严重低迷状态，对中国来说倒是打入国际市场的一次良机。

历史上，韩国的造船工业就是在国际造船市场处于萎缩危机的情况下发展起来的，中国与韩国当初的情况有着许多相似之处，而我们庞大而低廉的劳动力成本优势，则是国外任何一个船厂望尘莫及的。当时，国外船厂员工工资占造船成本的20%以上，而中国船厂员工工资占造船成本不足5%。

要让中国船舶打进国际市场，必须选准目标，第一炮要是打响了，后面的就好办了。

20世纪70年代的香港，已经是国际性航运中心，香港船东有100家到200家，其船队规模占世界的十分之一。而且，香港距祖国大陆近，设备供应及维修服务较易解决，加之船东多为华人，沟通上不存在障碍。

意见很快统一了：首先突破香港！六机部立即着手对香港市场展开调查。

经过反复研究，大家觉得香港船东包玉刚、包玉星兄弟二人是最佳人选。

包玉星一贯对大陆友好，包玉刚则享有"世界船王"的赞誉，实力可观，如果包氏兄弟能在国内订船，他们的影响力可以带动一大批船东，中国船舶进入国际市场就可以事半功倍。

这时，柴树藩想起了自己在外贸部的老同事卢绪章，他是包玉刚的亲戚，还听卢绪章说过他和包玉刚的交情。

卢绪章是包玉刚的大舅哥。卢绪章在新中国成立前，一直潜伏在上海广大华行从事地下工作，他是电影《与魔鬼打交道的人》中主人公的原型。

新中国成立后，卢绪章突然出任华东军政委员会贸易部副部长，包氏兄弟这才大吃一惊，原来这位大舅哥竟是个不折不扣的共产党！

卢绪章后来担任过外贸部副部长，曾与柴树藩共事，两个人关系很熟。

柴树藩就找到时任国家旅游总局局长的卢绪章商量此事，卢绪章认为先争取包玉星比较可行。

卢绪章拿起电话，给包玉星打电话。电话那边一听是卢绪章，态度果然热情，大哥大哥地叫个不停。

卢绪章向包玉星提出，能不能把一部分造船的订单转到国内。包玉星爽快地说："没问题。本来我要在日本那边造船，既然是大哥的事情，我就把它转给国内！"

"不过！"包玉星话音一转，严肃地说，"这两艘2.7万吨散装货船，可以改在国内建造。只是船应按照国际规范和标准设计建造，入英国劳氏船级社，价格与日本相当就行，双方可以先派出代表进行签订订货合同的谈判。"

卢绪章放下电话，扭头问柴树藩："按照国际标准造船，咱们行不行？"

"不行也得行！"柴树藩坚定地说。

柴树藩亲自领导完成订单

订单拿到了，柴树藩依然放心不下，他担心已经落后世界 25 年的中国船舶工业拿不下这个"山头"。为此，他把六机部生产局的局长王荣生找到办公室长谈。

柴树藩问王荣生："这艘船我们能否造出来？有几成把握？你是造船专家，不要回避问题。"

王荣生回答说："这艘船我们能够造出来，这种船型技术并不复杂，只是人家质量上要求很高，需要我们严格管理，按国际造船规范和技术标准办事。"

国际规范和技术标准是什么？柴树藩知道中国的造船工业当时还不能回答这个问题。于是，他安排人专门解决。

没多久，柴树藩第二次找王荣生，叫他与自己一起研究设计图纸和技术要求。柴树藩指着船东给的图纸上自己不懂的地方问王荣生，这是什么意思，那是怎么回事？王荣生就一一解释，并说明我们船厂的能力与船东要求之间的差距、存在的问题和现状。

望着柴树藩斑白的头发，王荣生感慨万分：一位年过古稀、身居高位的老同志，对造这样一艘船了解得那么细微，可见这艘船在他心中的地位是多么重要。

没过几天，两个人又坐到了一起。

柴树藩"两用人才"对王荣生说:"造船的事定下来了,经请示国务院批准,六机部党组决定由一人总抓。你是生产局局长,就由你负责,要把这件事抓好!"

一个每天忙得团团转的部长,为了这艘船,已经找自己这个生产局长整整谈了三个半天了。王荣生知道自己肩上担子的分量。

柴树藩叮嘱道:"合同签订后,我们就别无选择,要么保质保量成功地交出第一艘船,要么就把中国船舶工业的牌子砸了,我们自动到伦敦法庭上去做被告。过去国内的什么政治交船、行政干预、兄弟情谊那一套,统统无济于事了,我们将面临的,是一场严峻的考验。六机部将来的出路,这一艘船的成败是关键的关键!"

王荣生的回答斩钉截铁:"我明白,这第一艘船,如果建好,它在大洋中就是一块流动的广告牌,我们出口的局面很快就会打开!反之,我们就一败涂地!"

造船订单要来了,谁来造呢?

1980年初,在六机部召开的一次工作会议期间,柴树藩问大连造船厂厂长孙文学:"老孙啊,香港船东包玉星对我们很友好,有艘2.7万吨的散装货轮要放到国内造,这是好不容易才争取过来的,部里征求过几家船厂的意见,都认为暂时有困难,不敢承担。你们厂敢不敢接?"

孙文学考虑了一会儿,回答说:"接!为什么不接?这事儿往大里说是为国争光,往小里说是我们两万人要活干，要饭吃！这艘船我们接了。"

柴树藩高兴地说："好，有骨气！"

孙文学想了想又问："柴部长，这艘船他们还有什么特殊要求吗？"

柴树藩盯着孙文学说："说特殊也不特殊，但这艘船要求按英国劳氏船级社规范和日本造船质量标准建造，我们都不懂啊！目前，设计图纸还没搞出来，出来后还要交到日本东京去审查，审查少说也要三四个月。我们的交船期只有18个月！每超过一天要罚款4500美元，超过150天，船东就可以弃船，这可不是国内交船，一点儿也不能大意啊。"

孙文学坚定地说："柴部长，您放心，我们大连造船厂两万名职工，就是头拱在地上，也要按期交船！为国家争光，为大连造船厂争气！"

按照标准艰难设计图纸

在谈判过程中,包玉星他们光带来了三大厚本《技术说明书》,里面就主机、辅机、舱室、厨房、污水处理系统、通信导航系统、舵锚机系统、舱室布置等都作出了严格的规定。

除此之外,连扶梯、家具的颜色,甚至海员住室床铺上的壁灯、床铺下的鞋柜,都有具体的详细的要求。

这让习惯了在一张纸上签字就算了事的中国造船人瞠目结舌。

比这更让他们头疼的是,当时没有人知道国际船级社的标准。

上海船舶及海洋工程设计研究院708所是全国船舶设计精英云集的地方。可在当时,一艘2.7万吨的散货船的技术设计却令他们非常棘手!几十年与世隔绝,造成了封闭的设计环境。

因为历史原因,我们国家造出的船不接受任何国际船级社的检验。新中国成立30年来,我国也出口了16万吨船舶,但多数都是援助性的,皆按国内标准设计。结果,到这时,我们连什么是国际船级社的标准还都不清楚。

最近的一次出口船建造是1976年,是有糖王之称的马来西亚爱国华侨郭鹤年先生在上海中华造船厂订造的一艘3700吨"友花"号散货船。

这是新中国船舶进军资本主义世界的一次尝试,但尝试不算成功。由于按中国规范设计建造,货船上的设备当然也要尽量选用国产的,可是国际上选择船用设备不光要看质量、价格,还要看品牌和维修服务体系。

当时中国的设备在海外所有的港口都难寻维修配件,交船后,船东没办法,只好把国产设备拆掉再换成国外产品。

同期为香港船东司徒坤建造的1.75万吨"海上建筑师"号货船也存在类似问题。那时过分强调自力更生和"土法上马",拒绝使用任何国外产品,甚至连合同文本、机器品牌都不能出现外语字样,结果就使很多海外船东望而却步,不敢来中国买船。

根据包玉星当时的要求,2.7万吨散货船"长城"号必须按照国际标准建造。

我们的设计人员,对国际市场、国际规范、国际标准都摸不清头绪。当年"长城"号的总设计师周良根提起当时技术合同谈判时的情形,不无感慨,他回忆说:

> 当时又是技术谈判,又是商务谈判,还有国际规范和多种技术标准,大伙儿如听天书一般。

王荣生回忆道：

我们的设计标准，基本是从苏联那里沿袭下来的，和英国劳氏标准完全是两码事！是完全陌生的，有的甚至闻所未闻！

船东提出该船的载重量为2.7万吨，航速16.3节，续航能力1.7万海里，入世界英国劳氏船级社船级，船体结构达到LR规范最高级，涂装达到瑞典Sa2.5级，建造工艺采用日本JSQS标准，管系采用的是JIS标准……各种各样的标准和国际规范，我们听都没有听说过。

改革开放打开了国门，从这缝隙中透进灿烂的光线，让封闭了10年的造船人置身其中，难免会头晕目眩。

虽然头晕目眩，但谈判还要进行。我们的谈判人员如走进一座迷宫，目不暇接，一时难以应对。谈判遇到了严重困难，进展极为缓慢。

包玉星得知这个情况后，立即派出他的技术顾问、英籍华人席于亮和香港海洋技术顾问有限公司的郑瑞祥博士，给我方技术人员介绍各种国际标准和规范，并通过各种渠道，帮助搜集资料。

这根本不像是唇枪舌剑的谈判，倒更像是老师给学生上课！

这时，我们的技术人员才知道，为什么远洋的货船不是 3 万吨，也不是 2.5 万吨，而偏偏是 2.7 万吨。

这是因为，海轮从大西洋航行到北美洲五大湖的苏必利尔湖时，必须通过圣劳伦斯航道上的船闸和其他许多船闸，闸的尺度限制了轮船的尺度。同时，海轮还要求通过苏伊士运河，埃及规定通过时吃水为 11 米。由于这些限制，最佳的设计是载重量 2.7 万吨。

同时，圣劳伦斯运河对导缆桩的位置、大小、形状和钢缆的走向等等，都有明确的规定；澳大利亚港口连对货舱梯也有专门的要求。

为期几个月的"技术谈判"终于取得了满意的结果，为商务合同谈判打下了良好基础。

这次首开纪录的合同谈判，锻炼和培养了我们的专门人才，使我们了解和熟悉了国际惯例和规范。

合同签订后该设计图纸了，设计师们看到一大堆技术要求，傻了。没有资料，没有图纸，7 天完成报价设计，38 天完成合同设计，33 天完成技术设计中的送审图纸。这样短的周期对一种新型船的开发设计，不仅国内没有先例，就是世界造船界也很难办到。

这时，日本石川岛播磨重工公司表示，他们可以承担设计，包括提供图纸及材料、所有船用设备等，但他们索要 1200 万美元！而这艘船总价不过才 1218 万美元！

没有退路可走，只有一条路：自行设计。

时间紧迫，任务繁重，路却还没找到。为了克服这个困难，全所上下发动起来寻找资料。

船舶及海洋工程设计研究院孙松鹤院长在回忆当时的情况时说：

> 在那些紧张的日子里，发动全所的同志查资料、找规范，通过外边的朋友，不惜一切找资料。病急乱投医，就连美国的海岸警卫队，我们也发信给他们要资料。没想到，还真收到了不少宝贵资料，让我们第一次了解了劳氏船级社的规范。

设计所的人们收集了英国、美国、挪威、法国、日本等国家及一些国际组织的各类标准3957项，国际海事组织的规范、条例350项。虽然正值春节，但人们依然加班加点，即使没有加班费，也没有一分钱奖金。

708所的工程技术人员，在短短的几个月时间里翻译了上百万字的技术资料，整理了比较齐全的国际标准和规范，从千难万阻中冲了出来，硬是按时拿出了符合技术设计的报审图纸资料！

克服困难建造"长城"号

大连造船厂厂长孙文学接到千里之外送来的图纸资料，他意识到，虽然大连厂有建造5万吨油船的经验，有多年来建造技术水平高、产品质量好的各种军用船舶的技术基础，但这条船是按照国际标准和规范建造。以往的经验显然不够用了，一切都要从零开始。

孙文学不害怕，大连厂有一批基础好、经验丰富、可以信赖的工程技术人员，有一支技术熟练、吃苦耐劳、敢于冲锋陷阵的工人队伍。

孙文学在全厂干部动员大会上一脸严肃，有一种不容争辩的气势。他说：

> 我们大连厂在外面叫得很响，第一个造出"跃进"号远洋万吨轮。但"长城"号是我们第一艘按英国劳氏标准造的船，可以说是从零开始！我在北京跟柴部长拍了胸膛，就是头拱在地上，也要按期保质交出"长城"号！

从那一天起一年多的时间里，船体车间内，制造分段的焊光此起彼伏地闪烁。而就在这刺目的弧光中，与国际化接轨的阵痛随之而来。

"长城"号的规范和要求，是大连厂几十年建造的舰船无法比拟的。质量要求要符合 20 多种国际公约和规范，要具备 32 种航运证书。仅以最简单的表面油漆为例，过去我们关于船体油漆的观念与国际规范的要求完全是两码事。

过去，只要刷子蘸上油漆，往钢板上涂抹就是了。可国际标准是刷厚了不行，薄了也不行，油漆的厚度要用专用仪器测量。

在船台上，一个小个子的日本油漆质检员，每天都盯在工地上，手里拿着一个油漆厚薄测量仪，在刷好油漆的舱壁上量来量去："不行，薄了两微米，重来！"所有钢材表面，在除锈后要立即涂刷 20 微米厚的防腐底漆，油漆层"不能小于 90% 的厚度"。

天太热了不能刷，太冷了也不能刷；下雨天、阴天、雾天涂刷也不行，执行国际标准有时候还要看老天爷的脸色。

当刷漆工作全面铺开时，正值 6 月，阴雨连绵，根据劳氏标准，不能雨天刷漆，这严重影响了施工进度。

天刚一放晴，油漆工人就没日没夜地奋战。三伏天钻舱底，犹如进蒸笼，汗水顺着后背流到脚下。连续不停地喷漆，眼睛被熏得又红又肿。

工人们只有一个念头："快，把阴雨耽误的时间抢回来。"工人们趴在又闷又热的舱底，一干就是一天。当他们从舱里爬出来的时候，除了还在活动的身躯和转动的眼球,简直就像一块长满铁锈的废铁了。

在管路安装的繁忙时刻,预想不到的施工困难,随时横在工人面前。

吊车腾不出时间吊运管子,工人们就人拉肩扛,把管子一根根送到舱里;法兰供应不上,工人们就自己动手连夜制作;大型阀门没有到货,工人们就自制阀门模具代替,保证了各种管道继续延伸加长……

"长城"号有许多工艺和技术,创下了共和国造船史上的"首次"。

锚链上的"肯特环",精度高,加工难度大,本来想花外汇进口,机械车间的工人不服气,自己造了出来。

轮机车间安装主辅机几十台,全部达到了一次交工合格。

铜工车间的"标准弯头",过去被认为可望而不可即,也被工人们解决了。

油漆车间从只满足于能把钢板用漆盖遍,转变为能用国际标准对漆膜进行各项检查。

还有舰装件的美观大方、螺旋桨的无懈可击、起重机吊运巧妙等。

"长城"号让中国造船业得到了一次大发展。

任务繁重,时间紧迫,环境恶劣,条件艰苦,在迈向国际化的道路上,中国的工人们再次表现出钢铁一般的毅力。没有人叫苦,没有人喊累,工人们知道这艘出口船的成败,对国家、对工厂意味着什么。

大连厂的职工们忘记了白天和黑夜，心中只有一个信念，即540天顺利交船！工人们说："我们当时恨不得每天把太阳和月亮拉回来。"

回首那段充满激情和干劲的岁月，孙文学厂长不无愧疚地回忆说：

> 干"长城"号时，正处于刚粉碎"四人帮"不久的困难时期，浸泡着"长城"号的，是我们的汗水和泪水，唯独没有油水！

在船体分段即将合拢的那段时间，许多人已经在船台上十几天没有回过家。当劳累一天的工人们拖着疲乏的身体走进食堂时，吃的是一碗菜汤、两个馒头，菜汤上面有时根本看不见一星油荤。

孙文学实在不忍心看到工人们饿着肚子拼命，就找到总务科长："我知道不好办，可你们就算去求爷爷告奶奶，也要给大伙儿改善一下伙食呀，不然时间一长，我们的工人撑不下去啊！"

夜深了，食堂把加班饭送到工地上来了。

当工人们走下船台，揭开盖着棉被的箩筐，是热腾腾的馒头，打开桶盖，一股诱人的香味扑鼻而来！

"实在对不起，实在对不起！"孙文学对工人们说："费了好大的劲，才买来一堆骨头，给大伙儿熬了这锅汤！大家不要嫌弃，喝两碗暖和暖和身体……"要知道，当时的粮食和猪肉还是凭票证限量供应的,是非常紧缺的。

灯光下,工人们拿着铝皮饭盒,望着厂长和另一些厂领导,一时间竟像凝固了一般。

站在最前边的两个一身铁锈满面灰尘的小姑娘,两张黑黝黝的小脸上,竟流下两道泪水来。

"她们已经有 13 天没有回家了……"车间主任站在孙文学旁边,低声说道。

孙文学的眼睛潮湿了。

几百个紧张的日夜一眨眼就过去了。

旭日从天际跃升到空中,俯瞰着碧波荡漾的大连湾,"长城"号披着清晨阳光,仿佛跃跃欲试要奔向大海。

"长城"号获好评与经受考验

"长城"号刚刚建成，船东包玉星就跑到船上，虽然还没有验船，但他的脸上已露出了笑容。他请来了英国劳氏船级社的验船师艾伦前来验船。

艾伦首先按程序对这艘巨轮的长、宽、高等进行了测量，他已经做好说"NO"的准备，他心里明白，中国人第一次按国际规范造船，工人们的技术合格证书，都是临时考核颁发的，管理手段落后，设备也不先进，全船上百个船体分段，几千道工序，出现大量误差恐怕是难免的。然而，第一遍检测完毕，艾伦嘴里不由自主地说了一句："不会吧？"

艾伦看看图纸，再看看手中的测量工具，他怀疑自己的眼睛是否出了问题，这条 197 米长的巨轮，几乎相当于两个标准的足球场大小，最后长度误差竟然只有 2 毫米！也就是一分钱镍币的厚度！而船身宽度的误差竟然为零！

艾伦揉了揉眼睛，严格地又复测了 4 遍，结果完全一致！他嘟囔道："完美，十分完美！"

"长城"号的建造真正实现了高质量。机械加工的 1.3 万件加工件，优质率达到 99.9%，安装的一级品率为 99.5%，全船交验的一级品率达到 99.9%。整船外形光顺，舰装件美观大方，瓦斯切割面的光洁度和油漆质量接近世界先进水平，房间装饰水平高，管系试验无跑、冒、滴、漏现象，一次交验成功。

包玉星紧握着孙文学的手说："说实话，这次我是冒着风险来订这两艘船的，没想到'长城'号造得这么出色，一块石头总算落了地。"

最后，艾伦竖起大拇指，对大连造船厂作出了最后的评论：

你们的人均装备投资只有韩国的六十分之一、日本的百分之一，能达到如此高的水平，技术人员、工人们的技术是一流的！

得到一向以严谨古板著称的英国验船师的这种评价，实在是不容易。大连造船厂厂长孙文学紧绷着的脸终于露出微笑。

1981年9月14日，大连船舶厂张灯结彩，鼓乐喧天。

8时25分，联成轮船有限公司董事长包玉星及夫人，邀请时任国务院副总理的谷牧为"长城"号下水剪彩。英国劳氏船级社主席霍斯金森也由香港包乘专机赶赴大连，参加下水仪式。

2.7万吨的散装货轮"长城"号沿着平展的滑道徐徐滑向大海，悬挂在船舶上的巨大彩球迎风招展，一群欢快的鸽子冲向彩球，展翅翱翔，数千个五彩缤纷的气球冉冉升起，凌空飞舞。

柴树藩应邀出席，目睹下水的盛况，他如释重负，激动不已。

"长城"号的顺利下水，表明我国造船工业具有承建国际水平船舶的能力，开创了我国船舶工业出口的新纪元。中国驶向世界庞大的远洋船队中，领航的就是这艘"长城"号。

"长城"号把重工业和重大装备直接推向国际市场并一举成功，这体现了中国造船人和他们的指挥员们何等的魄力和勇敢精神啊！

"长城"号在大连向香港联成轮船有限公司移交后，随即进行了前往美国休斯敦的远航。

在驶往美国途中，"长城"号在太平洋上遭遇了巨大的风浪，狂风巨浪把船员从睡铺上颠滚下来。

轮机长向船长报告："船体倾斜45度，机械全部运行正常。"

大副也向船长报告："操作性能良好，全部仪器仪表工作正常。"

巨轮继续在大风中破浪前进，连续航行了六天六夜。风平浪静后，船长和随船的"保证工程师"陈德潜赶紧检查船体结构。上万米的焊缝无一破裂，船体油漆崭新如初，船长称其为"无可怀疑的优秀船只"。

船东包玉星专程飞往休斯敦，向全体船员和大连造船厂随船"保证工程师"表示祝贺和慰问,并举行盛大酒会。

包玉星在祝酒词中欣喜地讲道:

作为一名船东,对于新加入自己船队的新船,都犹如母亲见到健壮婴儿般地高兴;作为一名炎黄子孙,为祖国造船业的发展感到高兴和骄傲。

从此,中国的船舶工业开始大发展了。一艘艘中国制造的大型船舶驶向了大海,驶向了天涯海角。

拆除淘汰飞机生产线上民品

1981年秋,一场秋雨过后,烦躁的沈阳安静下来。一辆黑色"皇冠"小卧车,在黄河大街上疾驶而过。

坐在车后座上的唐乾三,刚从北京开会回来。他口衔一支香烟,随着车身的微微颤动,又一次陷入苦苦的冥思之中。

唐乾三是沈阳飞机制造厂的厂长。这个厂拥有数万名职工和数亿元的固定资产,曾经为共和国制造出了第一架飞机,第一架超音速战斗机,是空军主力战机的主要生产企业之一。

在唐乾三上任的那几年里,中央对军品生产企业的政策一直在调整,从"军保民"到"军转民",从"指令性生产计划"到"以市场调节为主"。

政策调整的结果就是,一直享受"供、产、销"国家包下来的优越条件的军工大企业,一夜间变成了沿街招揽、推销大小民用产品的"小商贩"。

唐乾三此次京城之行,中央军委关于"精简整编、削减国防开支"的决定,使他在返回沈阳的火车上,折腾了一夜。

由于军费的大幅度削减,空、海军已无力再向工厂订购歼击机,这无疑给这位"飞机城"的当家人出了一道难解之题。

"皇冠"驶过唐乾三的家门口,司机从后视镜里看厂长紧锁的眉头,没敢停车,脚掌一踩油门,又把车开进了工厂的大门。

唐乾三风风火火地走进车间。一只脚刚迈进车间的大门,一位车间主任就向他讲述了一件事。

这个车间的民品推销员,到本市一家颇有名气的大百货商场,准备向他们推销工厂最近生产的一种缝纫机上使用的码边器。

谁知,商场的负责人竟手托着只有两个火柴盒大的码边器,一边掂了两下,一边对推销员说:"你们造飞机的大厂,难道只会造这玩意儿?"

这个故事使唐乾三感到酸溜溜的。

唐乾三听了没有说话,他的心情比那个推销员的心情好不到哪儿去。他抬头望了望变得清冷、沉寂的厂房,如同一座大仓库,那里曾经排满机身、机翼,人声鼎沸。几个工人抬起头,看到了自己的当家人,脸上流露出哀怨的神色。唐乾三的心仿佛被人狠狠地扎了一刀子,低下头转身离开了。

在车间角落的废物堆里,依稀露出几个亮点,那是飞机机身的铝皮废料。看着这几个亮点,唐乾三再次思潮起伏。

这里的人们,曾为年轻的共和国制造了第一架喷气式战斗机、第一枚地对空导弹。随后又制造出"歼-6"

"歼-7""歼-8"战斗机，这里的人们曾享受着令人羡慕的国家一类企业工资和保密费。

毛泽东、刘少奇、周恩来、朱德、邓小平、胡耀邦等党和国家领导人及每一位老帅，都曾多次来这里检查工作，观看飞行表演。

然而，这仅是工厂的昨天，它只有保存历史价值，成为美好的回忆。制造共和国奋飞翅膀的工厂，此时却瘫在地上呻吟着。

一个工人把一团废纸扔进了废物堆，打断了他的思路。唐乾三开始向前走，在车间的过道上，他不得不把紊乱的思绪放到严酷的现实面前。

工厂要生存，就得投入大量的人力、物力去开发新产品，开发新产品就要有新厂房、新设备。没有这些，再好的设想也将是泡沫。

当他又一次将目光落到那空散、闲置的"歼-6"战斗机生产线上时，又勾起他积蓄多年的欲望。

这是50年代末期的一条老生产线，它已为共和国超期服役了20多年了，能不能拆掉它，在它的位置上建几条民品生产线呢？

但拆军品，特别是战斗机的生产线，可不是说说那么简单。这是战斗机生产线，它的诞生与消失，都要经过国务院和中央军委的批准。

苏联在卫国战争前，由于错误地估计国际形势，结果希特勒来了个不宣而战。苏联由于调整飞机生产线，耽误了战斗机的正常生产。

唐乾三为此也曾担心过，但他担心的不是自己的前程，而是工厂的命运。

几个月前，中央军委一位负责人来这里检查工作，唐乾三曾向他提出："拆掉'歼－6'机生产线吧，好腾出厂房上几条民品生产线。"

"这可不那么好办，我把你的建议带回军委研究研究。"那位军委领导没有立即答应他的请求。

"要是3个月没有回信儿，我可动手拆了。"唐乾三仍不放弃，苦苦缠着对方。

那位军委负责人笑了，但没有给他明确的答复。

数个月过去了，军委仍没有答复。

唐乾三不死心，在没有得到军委的答复之前，他就曾多次召开有关拆"歼－6"机生产线的论证会，反复论证这个计划的可行性。

听到议题，参加论证的人有沉默的，有支持的，也有反对的。

好心的同志劝他："算了吧，老唐，我们这大型军工企业的特点你还不知道？吃地方的饭，干中央的活，连盖个厕所还得跑北京批一下呢！何况你这是拆飞机生产线啊?！中央军委不点头，航空工业部能给你点头吗？你真是有点活得不耐烦了！"

忠言一向逆耳，但此事的忠言却怎么也让人听不进去，因为这忠言背后是几万人的生计问题。

唐乾三从车间回到了办公室。办公桌上那厚厚一叠文件等待着他翻阅，但他看不下去，"歼－6"机生产线压得他喘不过气来。

唐乾三心里依然翻腾着"歼－6"机生产线的事情。尽管"歼－6"战斗机已是被淘汰的机种，但淘汰还需要个过程。再说，国际上风云莫测，中东战争仍在不断升级，有人在云南边境、在南沙群岛搞武装挑衅呢！

不拆，几万人吃什么，不能让为国家腾飞拼命的工人在地上饿肚子啊！

烦躁之中，他又给有关部门发去了请求批准拆掉"歼－6"战斗机生产线的电报。但依然没有回音。

唐乾三等不及了，抓起办公桌上那台红色的长途微波电话，向远在北京的航空工业部最高领导者，发出了请求批准拆"歼－6"战斗机生产线的电话恳求。

放下电话，唐乾三还是放不下心，他又奔向火车站，直赴北京。

"'歼－6'机的生产线，我马上要动手拆了！"在北京北兵马司航空工业部部长的办公室中，唐乾三那湖南与东北掺杂的口音，硬邦邦地扔给了正在批阅文件的莫文祥部长。

莫文祥摘下眼镜，沉稳地打量着似乎浑身冒火的老部下。

莫文祥太熟悉唐乾三的性格了，也更加熟悉那个正处于困境中的飞机制造厂。

60年代初期，莫文祥曾在那个厂当过厂长，那个厂是中国歼击机的摇篮，在国际上都是有一定声誉的。但谁也没想到，这个厂竟阴差阳错地落到如此困境。

一年前，也是在这间办公室，莫文祥向唐乾三下达了制造"歼-8I"型战斗机的任务书。

任务书中明确规定："歼-8I"要于1984年年底试制成功。可唐乾三非要把试制成功的日期改写成1984年的7月1日，硬是要提前半年。

唐乾三和他所领导的飞机制造厂一样，打硬仗、打苦仗是他们的传统。凭着中国军工的拼劲和韧劲，仅仅数个月的时间，"歼-8I"战斗机便在东北大地上飞起来了。它的首飞成功之日，恰恰比任务书所规定的时间提前了近4个月。

"创造了一个奇迹！"这是中国空军领导人对"歼-8I"试制周期的评价。

"'歼-8I'是航空工业新机研制中最好的一次！"这是中国航空工业部领导人纵观了中国制造歼击机的历史后，对"歼-8I"战斗机制造者的评价。

"歼-8I"上天了，但工厂和他却陷入了绝境。莫文祥对部下提出的请求并不感到陌生，他深信自己的部下，既然在制造飞机上能创出惊人的奇迹，也一定能在军转民的过程中创造出惊人的奇迹。

莫文祥放下手中的眼镜，手指轻轻地敲着桌面，思考着。

时间在这一刻仿佛凝固了，唐乾三望着敲击桌面的手指，期待着它能敲出一个让自己满意的结果。

"看来没人能给你点这个头了，拆就拆吧！"莫文祥站起身子，果断地点了点头。

"要是出了事，掉脑袋咱俩一起去！"唐乾三听了，喜出望外，站起来走上前去，紧紧握住了莫文祥的手，使劲地摇晃了两下，他知道作出这个决定有多么艰难。

两人相觑一下，都不由自主地笑了。

拆除"歼-6"机生产线的工作随即展开。

吐着缕缕青烟的风枪，对着水泥地桩狠命地撕咬着、吼叫着。臂吊转动着笨重的身躯，将一尊尊高大的型架吊起，大货车轰隆隆地开进了厂房。

听说要拆除"歼-6"机生产线，工人们拥来了，设计人员拥来了，人们望着这轰轰烈烈而又令人抑郁的场面，有的人在跺脚泄愤，有的人把脸转过去悄悄抹了一把泪。

此刻，唐乾三却闭目依偎在办公桌的转椅中，仿佛睡着了一样。

办公室的一位工作人员悄悄走了进来，看了一眼办公桌上塞满烟头的烟灰缸，轻声说："厂长，总装厂房里的'歼-6'生产线快拆完了，去看看吧！要不以后再也看不着它了。"

唐乾三睁开双眼，长叹了一声，又默默地衔起一支香烟，但他没有去碰办公桌上的打火机，而是久久地注视着他的下属。

  4万平方米的面积腾出来了，7条民品生产线在尘烟中诞生了。宽大的厂房又恢复了往日的活力，一批批民用产品走下产品线，走向市场。

  这一年，一组显赫的数字从电子计算机闪烁的荧屏上，倏地飘落到唐乾三那宽大的办公桌上：

  1984年公司民品产值5514万元。

中美合作飞机开工生产

1985年4月15日，经中国驻美国大使韩叙的牵线搭桥，上海航空工业公司、中国航空器材公司与美国麦克唐纳·道格拉斯公司在上海签署了一份《合作生产MD-82及其派生型飞机、联合研制先进技术的支线飞机和补偿贸易总协议》。

该协议规定：

美国麦克唐纳·道格拉斯公司将向中国上海航空工业公司转让先进航空生产技术，提供在中国生产和销售MD-82客机的独立许可权，以供上海航空工业公司在购买配套件的基础上，生产MD-82客机；

麦道公司将为此以优惠条件提供技术资料、人员培训、现场协助、专有技术、项目管理以及必要的设备和装备；

上海航空工业公司生产的第一架MD-82客机，要在1987年试制成功，并在今后五年中陆续生产25至40架，以提供中国民航使用……

该协议经国务院批准，正式生效。

这是中美两国建交6年来一次规模最大、有效时间最长、国际影响较大的经济合作工程。这项工程，被列为我国"七五计划"12个重点项目之一。

中美联合制造 MD-82 客机的协议生效后，麦道公司在 1985 年年底将第一批 MD-82 客机的散装件运抵上海。随后，由 120 余人组成的美国航空技术专家组抵沪。

1986 年 2 月底，航空工业部派原江西昌河飞机制造厂厂长景德元飞抵上海，由他出任承担制造 MD-82 客机生产任务的上海飞机制造厂厂长的职务。

生产 MD-82 客机就此拉开序幕。

按照麦道公司生产 MD-82 客机的有关生产工艺规程规定，从飞机零件送进总装车间到飞机组装完毕交给民航局使用，要经过 6 道大的工序：开铆、半往上翼对接、机身机翼对接、飞机整体喷漆、飞机试飞、飞机交付民航使用。

第一道工序开铆，即整个工程的开工之日。美方要求，只有经过美方人员检查后，认为具备了生产 MD-82 客机的客观条件，才能允许开工。之所以如此，因为麦道公司对这次合作非常谨慎。

在此之前，美国的"美联社""合众国际社"，英国的"路透社"，日本的"共同社"，苏联的"塔斯社"等在国际上有影响的新闻机构，把中美两国制造 MD-82 客机的消息传遍了全球，各国政府都在密切注视着这项工程的每个细小举动。

麦道公司总裁麦克唐纳先生的高级顾问卡洪，曾经在年初带领着由数十人组成的考察组，从美国飞抵中国的上海市，对上海飞机制造厂进行了全面的考察。

考察的结果令中方心灰意冷："上海飞机制造厂缺少大量的工艺人员，这是其一；其二，从麦道公司运来的大批英文资料，上海飞机制造厂的翻译工作跟不上，4月1日不能开铆！"

根据麦道公司有关人员的提议：MD-82客机的开铆日期定在1986年4月1日。对于这个开工的日子，美国人有自己特殊意味。

一位美国专家幽默地说："这一天是我们美国人的传统节日'愚人节'，假如你们在这一天按时开铆了，这说明你们讲话是算数的！假如你们在这一天不能按时开铆，这也无妨。我们可以向全世界解释，我们是骗骗你们，在'愚人节'里开个经济玩笑。因为，我们美国人在这一天所说的话都是不算数的，法律拿'愚人节'都没办法。"

探询的中国人哑然了。于是，一场争论在中美联合召开的管理会议上爆发了。

中方MD-82工程办公室主任施冠雄首先对卡洪关于4月1日不能开工的结论提出了异议："根据我们的分析，这一天肯定能开铆！"

卡洪耸了耸肩膀，又高声重复了一遍自己的观点："4月1日开铆不可能！"

施冠雄坚持己见："如果根据你们开铆的概念，我们不仅可以提前一些时间，而且几个型架完全可以同时开铆！"他狠狠吸了一口香烟，然后又缓缓从嘴中吐出，一股淡淡的青烟弥漫在他与卡洪的眼前。

卡洪不由认真地打量了一下眼前这位说话十分强硬的中国人，苦笑地摇了摇头。他瞧见了施冠雄右手上仍在飘着缕缕青烟的半截香烟，挖苦地说："你完全是抽烟抽昏了头，在瞎讲！你们不可能做到这一点，因为你们没有科学根据。"

"卡洪先生，你十分喜欢喝威士忌，大概你喝威士忌也喝昏了头吧?！我们认为在4月1日是完全可以开铆的，不相信就请试试看。"坐在施冠雄身边的中方MD－82工程办公室副主任张万里，接过卡洪那充满辛辣的幽默话茬，笑而不恭地回敬了一句。

"OK！"卡洪激动地从座位上站起身，右手在空中画了一个大弧线，"你们如果能在4月1日开铆，那么我就从美国的长滩直接飞到上海请你们的客！"稍顿了一下，他似乎悟出了什么，语气又变得柔和起来："不过，要是你们输了又该怎么办呢？"

"要是我们输了，我个人拿出100元人民币请你的客！"施冠雄大笑起来。100元人民币在当时来说不是个小数，要知道，人们一个月的工资才不过几十块钱。

对于留在中国的这个赌，卡洪信心十足。他等着中国在愚人节那天出洋相。

"4月1日"的特殊意味,让上海飞机制造厂近7000名职工都紧紧攥起了双拳。

在黄浦江畔,一次航空工业的大会战轰轰烈烈地展开了。

缺少型架工?工厂许多改行的型架工返回了原工种,航空工业部又从兄弟厂调来了一批型架工。缺英文翻译?翻译室的灯光敢和月亮争辉了。

一个月过去了,离"愚人节"只剩下15天的时间了。这天,麦道公司MD-82工程驻中国副总裁鲁宾逊找到了正在忙碌中的上海飞机制造厂厂长景德元,好心地劝着:"景先生,请通知你的部下不要这样玩命地干,'愚人节'不能开工已成定局,请不要那么认真了。"

景德元揉了揉布满血丝的眼睛,回答道:"最后的结局还没揭晓呢,我一直空着肚子等着卡洪先生请客呢!"

虽然卡洪在同中国人打赌的时候,景德元还没来上任,但他听到了这件事,下定决心给这件事加上一个完美的结局。

离"愚人节"仅剩下两天时间的时候,鲁宾逊再也坐不住了,他来到飞机总装厂房。

一迈进大门时,眼前的情景使他惊呆了。只见一排排高大的型架整齐地矗立在眼前,从美国运来的集装箱已经全部打开,飞机的蒙皮也已经摆放到型架上了。

看到眼前的景象,鲁宾逊知道卡洪输了。他双肩一耸,自言自语道:"了不起,了不起!"然后抓住景德元的手，诚恳地说："既然是卡洪讲的，我们不能赖账！我来代表他请客！"

第二天，鲁宾逊亲自开着小卧车驶进了南京路。他一下买了8个生日大蛋糕，又买了成箱的可口可乐、橘子水、汽水，然后在上海飞机制造厂二车间的开铆现场，摆下了"宴桌"。

在开工前的"宴会"上，鲁宾逊打开了一听可口可乐，对欢庆胜利的工人们大声说道："打赌结果，我们美国输了，但输得高兴！"

中国第一架客机试飞成功

飞机按时开工，上海飞机制造厂闯过了第一道工序，美国人的赌注也因此水涨船高。

第二道工序能否按时开工？美国人又同中国人打了一个赌："假如你们第二道工序按时开工，我们就在你们的现场举行一个世界性的记者招待会！"

结果，美国又输了，麦道公司只好履行自己的诺言，请来了英国《泰晤士报》，美国《纽约时报》《华尔街日报》及日本、香港的各大报的记者。

第三道工序，美国人不打赌了，他们已经知道了中国人的厉害。

第四道工序，鲁宾逊有些担心了。

此时，离飞机出厂的时间只剩下10个月的时间了，上海飞机制造厂还没有喷漆厂房呢！如按美国人的计划安排，建造这样一座现代化的喷漆厂房需要用两年的时间。所以，鲁宾逊又打了个赌。

鲁宾逊似乎摸到了中国人的脾气，他深刻理解了中国的一句古话，"遣将不如激将"，他又来打赌了："第四道工序如能按期进行，我从香港运来全套的烤炉，设'热狗'宴来招待你们！"

其实，鲁宾逊此举有些多余，中国人在困难面前从来都有无法比拟的韧劲和拼劲。

鲁宾逊又输了，喷漆厂房仅用了9个月的时间就竣工了。鲁宾逊只好从香港买来了全套的烤炉，在车间为中国工人摆了一顿丰盛的"热狗"宴。

MD-82客机喷漆工序结束，一架完整的大型客机诞生了。

按工艺规程规定，接下来的两道工序就是试飞与交付民航使用。实质上，试飞成功就算大功告成，至于交付民航使用，那仅仅是个时间问题了。但两国人员在试飞日期上又发生了争执。

中方代表坚持要把试飞日期放在7月1日，因为这一天是中国共产党诞生66周年的纪念日，而美方代表则坚持把试飞日期放在7月4日，至于为什么，中方人员无法考究。

"还是放在7月1日吧，这一天是我们党的诞生日。"中方代表直言不讳地把用意告诉了对方。

"你们总是考虑政治因素，商品就是商品，不考虑商品以外的东西。还是定在7月4日！"脑袋里满是商品经济的美方不满中方的做法，态度十分强硬。

"那好吧，7月4日可以作为首飞仪式。但飞机要在7月1日那天先飞一下，因为那天我们的领导要来工厂参观。"

"你们在7月1日先飞一次，那7月4日的试飞就不叫首飞了。"

"那7月1日的仪式总要举行一下嘛！比如试飞员从飞机上下来，送他一束鲜花，飞行员再作一个简短的汇报，像什么飞机性能良好、符合设计标准、操纵性能灵活之类的话，对领导说上几句嘛！"

"没有这个必要！飞机在天上飞，不是已经证明飞机的性能很好了吗？！"

"试飞员不能总是在天上飞呀！下面的领导都等在那里，天又这么热，你总得下来讲讲嘛！"

"谁叫他等在那里的？叫他走好了，事实证明飞机性能很好就行了！"

…………

在改革开放初期，面对美方"商业就是商业"的做法，中国人总觉得这不太合情理。按照中国的传统，开门红总得庆祝一下，中国第一次生产中型民用客机，来几个领导，热热闹闹地庆祝一下不足为过，为什么美国人这么不给"面子"呢？

这个会议争来争去，中方最后只能同意美方的试飞方案：1987年7月4日进行试飞。

没多久，担任这次试飞任务的机长佩顾，率领机组人员从美国飞抵上海。

佩顾是个老资格驾驶员，1972年美国总统尼克松访华时，驾驶着那架涂着蓝、白、银三色的"空军一号"总统座机的飞行员，就是这位佩顾。他此时担任的职务是麦道公司MD－82系列飞机的总飞行师。

7月2日,当他在上海飞机制造厂的总装车间看见那架静卧在那里的 MD-82 客机后,他满意地笑了。

佩顾仔细地看了看这架飞机,然后转过脸去问美国驻工厂的技术专家:"准备好了吗?"

"准备好了。"美国专家不假思索地脱口而出。

"准备好了就飞!"佩顾挥了一下手臂。

在美国,航空界的职责范围划分得很分明。制造飞机是飞机工厂的职权范围,但飞机一造出来交给试飞员,那则是试飞员的职权范围。

1987年7月2日,佩顾驾驶着中美合作制造的第一架 MD-82 客机,平稳驶离飞机跑道,翱翔在上海市的上空。

试飞成功了。

当天晚上,太平洋东岸的美利坚合众国所有的电视台、广播电台、报纸,都向美国公众报道了这条消息。全世界都震惊了,中国人也可以造民用客机了!

艰难获得产品生产许可证

1987年7月31日下午，600多位中外来宾聚集在上海飞机制造厂的喷漆厂房前，中美两国联合制造的第一架MD-82客机的最后一道工序，向民航使用部门交接仪式开始。

飞机浑身挂满了彩带，愈发显得漂亮。在飞机前，上海航空工业公司第一总经理严意发满面春风地走到前来迎接飞机的沈阳民航局副局长王仪轩面前，郑重地交给他一把飞机的钥匙，然后又手持剪刀麻利地将他胸前的领带拦腰剪断。

剪领带，这是美国麦道公司的一种传统。

从麦道公司建立并制造出第一架客机后，在将该飞机交给民航部门使用前，他们就将民航部门前来接飞机的代表的领带剪断，并将被剪下的那半截领带保存起来，作为该公司的永久性纪念物。

为此，麦道公司还特意建造了一座领带展览馆，专门收藏被剪下的领带。这个展览馆共收藏了401条被剪断的半截领带。

麦道公司生产了401架大型客机。在上海飞机制造厂被剪断的那条领带，是第402条，它同时又是麦道公司在外国所收藏的半截领带的第一条。

会场上掌声如潮，人们纷纷走到麦道公司驻上海飞机制造厂的专家们面前，和他们握手、拥抱，感谢他们在工作中的大力支持。

虽然飞机被接走了，但仍然有一件事沉甸甸地压在人们的心头，飞机还没有获得国际认证。

按照中美两国合作生产 MD－82 客机的有关条款规定：

在合作生产 MD－82 飞机的过程中，美国联邦航空局将对上海飞机制造厂进行 3 次质量检查，检验合格后，才能发放生产许可证。否则所生产的飞机，不予以承认。

美国联邦航空局是美国运输部下属的一个机构，它的主要职责是确保美国制造出的飞机飞行安全。

这个机构依据法律制定出了一系列有关飞机生产制造的规定，各飞机制造厂只有通过这个机构的审查，才能获得生产制造某种飞机的各种合格证，这样才允许生产和销售。

这个机构所制定的有关条款，又被世界各国飞机制造厂所承认、接受并执行。

因此，美国联邦航空局在国际航空制造业上，是一个具有权威性的组织机构。只有拿到这个组织的认证，中国制造的飞机才能飞翔在世界的上空，否则其他国家的空港有权以不安全为理由，拒绝该飞机起降。

在改革开放初期，中国的飞机制造企业并不知道有这样一个机构。一直到20世纪80年代，特别是中美联合制造 MD-82 客机以后，才知道美国有一个联邦航空局的权威机构。

1986年7月的一天，美国联邦航空局首次来到上海飞机制造厂检查验收。结果让美国联邦航空局的官员们失望了，他们发现中国这个贸易伙伴连起码的管理程序都没建立起来。

美国人抛出一个冷冷的"NO"，便宣布了检查验收工作的结束。

上海飞机制造厂骚动了。景德元惊悸了。

景德元指令工厂企管部门加班加点地翻译了一套麦道公司有关生产管理程序的文件，很快下发到车间、科室，"按麦道公司管理生产的办法"！

两个月过去了，美国联邦航空局的官员们又来了。

这次检查，尽管上海飞机制造厂在生产管理上还不十分完善，但美国人古板的面颊上露出了笑容。因为他们在这里看到了麦道公司管理方法的雏形，这个雏形，暗示着上海飞机制造厂的美好前景。

美国联邦航空局的官员在临回国之前，对景德元暗示：

我们将于1987年4月第三次来这里检查验

收，如果检查合格，就向你们发放生产许可证。

为了使上海飞机制造厂安全渡过这一关，麦道公司在美国联邦航空局第三次赴厂检查之前，又派出一个先遣小组飞赴上海，帮助上海飞机制造厂解决将在第三次检查中可能遇到的问题。

麦道公司在预检中遇到了一件令他们不悦的事：

他们在检查一个资料室时，随口问该资料室负责人："借阅资料程序上有何规定？"

资料室负责人答不上来，美国人又提了一个问题，还是答不上来。一连提出3个问题，资料室负责人支支吾吾地答不上来。

"这样的人竟能当上资料室的负责人？！"麦道公司感到十分恼火。

景德元一狠心，把这位资料室负责人撤了下来，换上一个能胜任这个职务的人，才算平息了这场风波。

生产 MD－82 客机的总装车间，过道上随处可见纸屑、烟头、破布。麦道公司驻工厂的专家特意从美国带来几把扫帚，一上班就在车间里默默地打扫着。

美国人特殊意味的举动换来的不是中国工人的反思和亢奋，而是嘴角那机械、心安理得的微笑。

看到这情景，那个好打赌的副总裁鲁宾逊又激动了。他匆匆找到景德元，就工厂的现状提出了幽默的抗议："如果中方再不引起重视，我们就要发动全体美国专家来打扫工厂了！"

看着眼前令人尴尬的场面，景德元说不出话来。中国人要改革的不仅仅是技术，更重要的是根深蒂固的观念和思想。

几个月的时间倏地过去了，美国联邦航空局的官员们信心十足地迈进了上海飞机制造厂的大门，他们这是第三次进厂检查验收了。

在工厂计量室检查时，一位美国专家很随便地从工作台上拿起一个零件问道："这是什么时间制造的？"

"去年12月。"操作人员马上回答。

美国专家马上翻阅资料，当资料证明这个零件是去年12月制造的时候，他马上把话锋一转，又开始问另一个问题："当时的室内温度是多少？"

"21摄氏度。"操作人员的回答有点像背答卷，但紧张得声音有些发颤。

"室外多少？"美国专家紧紧追问。

"这……"操作人员蒙了。

他做梦也没想到美国专家会问这样显而易见，但又不被人注意的问题。室外温度与生产又有什么关系呢？无奈，只好操起电话去问上海市气象局。气象局的回答是10摄氏度。

美国专家的脸色突然变得严肃了："外面是10摄氏度，室内怎么会达到21摄氏度？房间里又没有空调设备！"

操作人员脸红了，说谎惹恼了美国专家。

"你们有生产飞机的能力，但管理不行！下次检查不定时间！"这是美国联邦航空局对上海飞机制造厂的评价。

1987年4月23日，美国联邦航空局就当时上海飞机制造厂的状况，突然宣布停止检查验收工作，愤然提前10天回国了。

第三次检查又失败了。

热热闹闹的飞机交接仪式结束后，第一架MD-82客机被沈阳民航局接走。前来参加交接仪式的麦道公司总裁沃舍姆一行，也匆匆登机离开上海，直飞北京。

在北京人民大会堂里，橘黄色的吊灯把雪白的四壁涂抹上了一层淡淡的光。

国务院副总理李鹏和航空工业部部长莫文祥在这里会见了前来参加首架MD-82客机交接仪式的美国麦道公司总裁沃舍姆等人。

在会谈中，沃舍姆告诉李鹏，这次中方没有如期拿到生产许可证，主要是因为贯彻程序不得力，美方对此深表遗憾。

李鹏微笑着点了一下头，表示赞同沃舍姆的看法。

没几天，航空工业部主管民用飞机的副部长何文治飞抵上海，亲临上海飞机制造厂"现场办公"了。

中国民航总局已向航空工业部发出最后"通牒"：如果上海飞机制造厂再拿不到美国联邦航空局颁发的生产许可证，中国民航将不再购买该工厂制造的MD-82

客机。

中国驻美国大使韩叙找到景德元:"这是中美最大的贸易项目,搞不好,我只能辞职了。"

但景德元笑了,笑得让对方更不安起来。其实景德元心中已经有了底。

交接仪式一结束,景德元便匆匆赶回他的办公室,拿出麦道公司留给工厂的《备忘录》,潜心地读了起来。

读着读着,景德元感到浑身燥热、不安起来。

在大量的事实面前,面对美国人对工厂的中肯评价,他不得不承认:中国的飞机制造业与美国的飞机制造业确实存在着一段距离,但要缩短这段距离,如果只靠传统的"加班加点""大庆式会战"的生产方式,恐怕是满足不了生产力发展的需要了。

沉思片刻,景德元迅速铺开稿纸,又挥笔给美国人的《备忘录》加上了一段深刻的"编者按":

> 诸如设备超过标定日期、卫生及安全工作之类的问题,是不是真的难以做到?不是的。
>
> 问题的根子在于我们的同志长期以来习惯于在生产上冲冲杀杀,总以为只要产品出来了就大功告成,而对现代化企业的科学管理常常掉以轻心。
>
> 这种小作坊式的积习,现在已成为我们工厂前进的严重障碍,这样下去是很危险的。

景德元把这份《备忘录》连同自己加的"编者按",一同下发到全厂各单位。随后,他又召开了全厂干部会。

在会上,景德元说:"第三次检查没通过,我要负领导责任,请厂管委会扣掉我这个季度的全部奖金。"

"厂长主动扣自己3个月的奖金了。"消息不胫而走,全厂哗然。

在工厂职工代表大会上,厂党委书记吴作权站在麦克风前,又喊出了令人咂舌的话:"我办公室所在的三楼厕所,臭气冲天,我来承包它,我要一天打扫它两次,我不相信搞不好!你们各单位的干部是不是也能承包它一两个地方?"

一阵狂热的掌声打断了他的讲话。

上海飞机制造厂的凝聚力终于形成了。景德元心中当然有底。然而,美国人的担心丝毫没有减退。

1987年10月25日,美国联邦航空局的官员们又飞抵上海,令人们企盼但又担心的第四次检查验收开始了。

美国联邦航空局的官员们工作方法同前三次一样,不听汇报、不看资料,直接奔赴现场考查。同时要求中方被考查的单位,不许宴请、不许送礼、不许接待、不许……官员们的日常生活,一切由美国驻上海领事馆负责安排。

一个车间、两个车间……顺利地通过了检查,但上海飞机制造厂的干部、工人仍紧张得喘不过气来。人们发现，美国人寻找的检查对象主要是生产第一线的工人。

对此，美国官员的解释是："一个工厂管理得好与坏，主要看工人参加管理的意识强不强，对程序掌握得透不透。"

在一个飞机零件供应仓库，美国专家问一个正在开箱取零件的工人："你知道开箱都有什么要求吗？"

"首先按清单对照实物，两相符合，才能开箱。"工人麻利地回答道。

美国专家的脸上依然冷若冰霜，虽然这个回答足以得满分。美国专家的脸上没有任何表情，一转身走出仓库，来到了工厂的培训部门，到这里查询这位工人是否经过培训，有没有拿到本职业的操作证。

当得到证实后，美国专家又来到这座仓库，又请这位工人出示操作证，并仔细地察看了操作证上的发放时间，是否在有效期内。

麦道公司规定，经培训后拿到操作证的工人，如有半年时间没有从事该工种，这份操作证就宣布作废。如需重操旧业，必须再到培训部门参加培训，经考试合格才能重新得到操作证，这样才有工作的资格。

这位工人，顺利通过了严格的检查。

美国专家又来到铆接车间检查。他们面对一份产品更改单皱起了眉头。因为在这块巴掌大小的纸单上，只有中方人员端正的印章，而没有美方人员的签章，这明显地违反了审批程序。

联邦航空局的官员们立即喊来了那位没有在产品更改单上签上自己姓名的美国专家,在众多中国人的面前大声训斥了他一顿,并当场宣布罚他 900 美元的工资。

而这位美国专家在暴风雨般的训斥中,虔诚的态度令中国人惊诧。

这次检查,以美国专家被训斥,上海飞机制造厂通过检查验收而告终。其间,留给中国人的不仅仅是严格执行管理规定的启示,还挖掘出严谨、细致、一丝不苟等许多本来深藏在国人骨子里的理念。

1987 年 11 月 7 日,美国联邦航空局终于将生产许可证郑重地颁发给了上海飞机制造厂。

这是麦道公司历史上从没有过的先例,而中国又是世界上唯一能享受这种待遇的国家。

本书主要参考资料

《改革实录》汪泾洋编 长征出版社

《驶向深蓝》宋宜昌 远航著 山东人民出版社

《共和国开国岁月》张国星 何明著 中共党史出版社

《风云七十年》郭德宏主编 解放军文艺出版社

《走向现代化的人民军队》黄宏 程卫华主编 人民出版社

《共和国军队回眸》杨贵华 陈传刚编著 军事科学出版社

《大裁军》陈先义主编 长征出版社

《新中国军旅大事纪实》张麟 程秀龙著 湖南人民出版社

《五十年国事纪要》余雁著 湖南人民出版社

《中华人民共和国军事史要》本书编委会著 军事科学出版社

《中南海三代领导集体共和国军事实录》蒋建农主编 中国经济出版社